ダンジョンに出来た宿屋にお試しお泊まりへ！
ロザリア
愛称はロゼ。
ブルックの幼馴染みで、
竜人種《バハムーン》。
ランドール
愛称はランディ、
もしくはラン。
ブルックの幼馴染みで、
竜人種《バハムーン》。
最強の鑑定士って誰のこと？
Who is the strongest appraiser?
~満腹ごはんで異世界生活~
19

「うわー、凄いですねー」
異世界転移した男子高校生
釘宮悠利
異国情緒漂う
中華風の豪華な部屋に
テンション爆上がり!

《真紅の山猫》の訓練生
ヘルミーネ
「いっぱい食べても
大丈夫な料理って幸せよねー」

最強の鑑定士って誰のこと？
Who is the strongest appraiser?
～満腹ごはんで異世界生活～
19

港瀬つかさ ill.シソ

口絵・本文イラスト
シソ

装丁
木村デザイン・ラボ

お品書き

Who is the strongest appraiser?

プロローグ　色々クリームが美味しいコロネパン

釘宮悠利《くぎみやゆうり》、十七歳。帰宅途中にうっかり異世界転移をしてしまった男子高校生。趣味特技は家事全般。特に料理が好きで、作るのも食べるのも好きというタイプである。

そんな彼は、転移特典なのか異世界で鑑定系最強チートな【神の瞳《ひとみ》】という技能《スキル》を手に入れた。その凄《すさ》まじいチート技能を彼は、……食材の目利きや、仲間の体調管理に使って、日々を楽しく生きている。

悠利がいるのは、初心者冒険者をトレジャーハンターに育成するクラン《真紅の山猫《スカーレット・リンクス》》。転移先のダンジョンで迷子状態だった悠利を引き取ってくれたのが、リーダーであるアリーだった。

当人のぽわぽわした天然マイペースな性格と裏腹に、所持した技能が規格外のものである事実を重く捉《とら》えたアリーにより、悠利の能力は秘匿されている。そして彼は、アジトでおさんどんに励むクランの家事担当としての立場を手に入れた。

せっかくチートを手に入れたのだから異世界で大活躍したい！　というような願望は持ち合わせもしない悠利。そんな彼は、今日ものんびりと大好きな家事をして、大好きな仲間達と平和な日常を過ごしているのだった。

「今日のおやつは、コロネパンです」

　てて一んと悠利がテーブルの上に並べた大量のパン。棒にくるくると巻き付けて筒のような形状を作るコロネパンばかりだ。ただし、中に詰め込まれているクリームは多種多様。違う味が楽しめるようになっていた。

　おやつにパンが出てくるのは珍しいことではない。《真紅の山猫》は毎朝パン屋さんが焼きたてのパンを届けてくれる程度には、パンに馴染《なじ》みがある。このコロネパンも、そのパン屋のおじさんが作ったものだ。元々は悠利が「こういうパンが欲しいんですけど……」とお願いして作って貰《もら》ったものだが、今は普通に販売されている。

　それはそれとして、こんなに多種多様なクリーム入りのコロネパンを見た記憶がないので、一同は首を捻《ひね》っていた。パン屋さんで見たことのない商品がここにあるのは何故だ、と。

「ねぇ、ユーリ。一つ聞いても良いかしら」

「どうかしたの、ヘルミーネ」

「……このクリーム、ルシアのクリームな気がするんだけど」

「…………ご明察です」

　柔らかなピンク色のクリームが入ったコロネパンを食べていたヘルミーネが、真剣な顔をして悠利に問いかけた。その質問に、悠利は感心したように笑った。まったく、甘味に関する彼女の味覚は実に鋭い。

　訓練生の一人であるヘルミーネは、金髪青眼の美少女で、背中に出し入れ自由な白い翼を持つ羽根人という種族だ。人間の三倍ほどの寿命を誇るのだが、精神年齢は外見年齢とほぼ同じらしく、悠利達と同年代の少女枠である。

その彼女には、とても仲の良いルシアという親友がいる。大食堂《食の楽園》でパティシエとして大活躍をしているお姉さんだ。親友の作るスイーツをこよなく愛するヘルミーネは、前情報なしで与えられたコロネパンのクリームを食べただけで、それが親友のものだと理解したのである。

……色々と強い。

「何でルシアのクリームがこのパンの中に入ってるの⁉」

「落ち着いて、ヘルミーネ。パン屋さんとの共同の試作品なだけだよ」

「何でその話を、私より先にユーリが知ってるのよ！」

「……発案者が僕だから？」

「……何やらかしてるのよ……」

「やらかしてるって言わないで……」

端的に説明をした悠利を、ヘルミーネはジト目で見た。ちょっと目を離すとあっちでもこっちでも何かをやらかすんだから、とでも言いたげである。悠利は不服そうだが、周囲はうんうんと頷《うなず》いていた。別の意味で信頼されている。

ちなみに、今回のことの発端は、悠利が雑談として口にした「コロネパンに色んな味のクリームを入れたら美味しいですよね」という話だった。パン屋さんでも生クリームやカスタードクリームを入れたコロネパンや、サンドイッチ用のパンのように自分達で中身を詰められるように空っぽのコロネパンが売られている。

そのクリームにもっと色々な種類があったら、好みの味を選べて楽しいよね、という感じの雑談を、悠利はルシアとしていた。そしてその流れで、スイーツ作りに情熱を傾けるルシアが全力で食いついたのだ。

日々、《食の楽園》でスイーツ作りに忙しいルシアであるが、甘味の新たな可能性を模索することには余念がない。自分の店で売りに出せなくても、コラボ商品としてパン屋で販売してもらうことが出来るのではないかと考えてしまった。

そう、考えてしまったのだ。そこから、悠利と一緒にパン屋のおじさんに話をしにいき、そして、おじさんが全力で乗っかった。商売人は強いよ。

そんなわけで、言い出しっぺの悠利のアイデアを参考に、果物のソースを混ぜたフルーツクリームを色々と作り、それをコロネパンに詰め込んだ試作品が出来たのだ。試作品に関する意見は幅広い面々から欲しいというのがルシアの希望だった。その為、人数の多い《真紅の山猫》が、試作品の意見を聞くのにぴったりだと思われたのである。

「と、いうわけで、今日のおやつがこの色んな味のクリーム入りのコロネパンになっているわけです」

「……つまり、これが上手くいったら、今後はパン屋さんでルシアの作った色んな味のクリームを堪能出来るってことね……？」

「そう。色んな味のクリームをルシアさんが作って納品して、パン屋さんが詰めて販売するってことらしいよ」

にこにこ笑顔の悠利に対して、ヘルミーネは相変わらず真剣な顔をしていた。真顔どころではない。多分、クランで出される冒険者としての課題をやっているときにだって見せないような真剣な顔である。……それもちょっとどうかと思うが。

「とりあえず、晩ご飯を食べられる程度に食べてね」

「大丈夫。甘い物は別腹よ！」

「わー、すごーい」

考え込んでいたヘルミーネに忠告をした悠利は、自信満々に返事をされて思わず棒読みになった。彼女の別腹は本当に凄《すご》いのだ。甘味への欲求、恐るべし。

とりあえず今の流れを聞いていた周りの人達にも説明が出来たので、各々納得した上でコロネパンに手を伸ばしていた。食べてみて味の感想を伝えれば良いんだろ？　と全員慣れていた。よくあることなので。

それぞれ色んな味のクリームがたっぷりと入ったコロネパンだが、クリームの甘さとパンの優しい味わいが調和していて、食べた全員が幸せそうな顔をしている。単純にクリームたっぷりのスイーツを食べるのとはまた違う満足感があった。そして、どの味も美味しい。皆違って、皆美味しいのは流石ルシア作のクリームである。

「あ、このクリーム、オレンジの味がする。美味しい」

「色もそれっぽいもんな」

「何か楽しい」

「こっちのイチゴ味も美味いぞ」

オレンジ色をした柔らかなクリーム入りのコロネパンを食べていたヤックが、嬉《うれ》しそうに笑う。生クリームのまろやかさにオレンジの酸味と甘みが加わって絶妙のバランスなのだ。パンと一緒に食べると、口の中で調和する。

その隣のカミールは、ヘルミーネが持っていたものと同じピンク色のクリームのコロネパンを食べている。こちらはイチゴ味で、完熟イチゴを使ったのか、僅《わず》かな酸味と果実本来の甘みがクリームと合わさっている。

見習い組の面々は基本的に行動を共にすることが多く、おやつの時間も何だかんだで集まって会話をしている。それは今日も変わらずで、ヤックとカミールの傍らにはウルグスとマグもいた。

黄色いクリームの入ったコロネパンを食べているウルグスと、淡い緑色のクリームの入ったコロネパンを食べているマグ。どちらも口に出して感想を述べてはいないが、雰囲気から美味しいと思っているのが伝わってくる。

ちなみに、ウルグスが食べているのはバナナ味で、マグが食べているのはメロン味である。真っ白な生クリームに各種果物のソースを混ぜ込むことで、クリームが淡い色合いになっているのだ。何となく色で味が判断出来るのは、食べたいものを選ぶときにとても助かる。

「ウルグスが食ってんのって何味?」

「バナナ」

「バナナかー。確かに黄色いな。美味い？」

「結構しっかり味が付いてるから、満足感がある」

「なるほど」

　ウルグスの返答を聞いて、カミールは何やら一人満足そうに頷いている。……どうせまた、情報収集という意味で色々と覚えておこうと思っているのだろう。商人の息子のそういう性質には慣れているので、ウルグスは特に気にせず放置することに決めていた。他人に迷惑をかけないなら、放っておくのが一番だ。

　そんな二人のやりとりなどどこ吹く風で、マグはもぐもぐとメロンクリームのコロネパンを食べていた。小柄で口も小さいマグは、必然的に一口が小さくなる。クリームをこぼさないように気をつけて食べているので、小動物がちまちまと餌を食べるような雰囲気があった。……言えば攻撃されるのが解っているので、思っていても誰も言わない程度には心得ている。

「生クリームやカスタードクリームも美味しいけど、果物の味がするクリームはまた格別だねー」

「ユーリが食べてるのは？」

「これはねー、リンゴ味。ちょっとさっぱりした感じだから、胃もたれしにくいかなって」

「へー、リンゴもあるんだ」

　淡い黄色という感じのクリームのコロネパンを食べている悠利は、にこにこと笑いながら説明をする。リンゴは甘みがありながらも後に引くような濃厚さは持たず、クリームの旨味とあいまってさっぱり美味しいのだ。

ルシアが作ったクリームの詰まったパンが美味しいことは解っている。ただ、悠利《ゆうり》の胃袋はそれほど大きくはなく、ついでに言うとヘルミーネのように甘味は別腹なんて便利な仕様にはなっていない。なので、あんまり胃もたれしなさそうな味を選んだのだ。

「それでこれ、ユーリのアイデアなの？」

「ロールケーキのときに色んなクリームで作っていたから、それを応用したら美味しいんじゃないかなって言っただけなんだけどねぇ。何か、ルシアさんもパン屋のおじさんも凄い勢いで食いついちゃった」

「まぁ悪いことじゃないけどさぁ……」

「うん？」

はぐはぐとコロネパンを食べながら、ヤックはちょっと眉《まゆ》を下げて困ったような顔をしていた。ヤックにそんな顔をさせるような要素があっただろうか？　と首を傾げた悠利は、続いた言葉にピタリと動きを止めた。止めてしまった。

「あんまり大事になったらリーダーに、またお小言もらうんじゃないかなってオイラは思っただけ」

「あう……」

その可能性があったか、と悠利は小さく呻《うめ》いた。頼れる保護者様はとても頼もしいのだが、同時に悠利のやらかしに対して誰よりお怒りになるのである。人助けなどであったとしても、ちょっと派手にやり過ぎた場合は怒られるので、日常生活でも油断は出来ない。

ちなみに、アリーが悠利に対して口煩く小言を言うのは、彼の身を案じてである。そもそもがこの天然小僧は、異世界産なのである。こちらの世界の常識は見事に欠落しているし、普通と当たり前が違うのだということをイマイチ理解しないままにうっかりやらかすのだ。

ただし、騒動にはなっても、身の危険に関わるようなことは基本的に起こらない。それは悠利の運∞という能力値《パラメータ》のおかげだろう。しかし、それでもやらかせば人目に付くし、目立てばそれだけ危険性は増えるのだ。

特に悠利は、(当人にあまり自覚はないけれど)規格外のチート技能《スキル》を所持している身である。伝説級の技能を保持しているなんて知られたら、偉い人や悪い人に目を付けられて大変なことになる。そうならないように、周囲と本人の平和のために日夜、悠利の非常識にツッコミを入れつつフォローをしてくれるのがアリーだった。

「いやでも、お菓子のアイデアぐらいだったら怒られないと思う」

「……」

「多分、大丈夫だと思う。ルシアさんとパン屋のおじさんの間で穏やかに話が進んでたから。これ以上、大事になったりはしないはず」

「大事にならないと良いねー」

「ヤック、超他人事《ひとごと》なんだけど⁉」

「他人事だし」

ヒドくない⁉ と訴える悠利に、ヤックは冷静に答えた。そう、確かに他人事だ。だってこの話題にヤックはその他大勢と同じ味見役以外では関わっていないのだから。自分が安全圏にいるので、ちょっと悠利の扱いが雑になっているヤックだった。

悠利とヤックがそんなやりとりをしているのを横目に、ヘルミーネ達はもりもりとクリーム入りのコロネパンを消費していた。普段は小食枠に入るはずのヘルミーネも、甘いクリームがたっぷり入ったコロネパンを甘味判定したのかいっぱい食べている。

そんな中、特に嬉しそうにコロネパンを食べている人物がいた。訓練生の一人であるミルレインだ。山の民と呼ばれ鍛冶《かじ》を得意とする民の少女は、おやつっぽくクリームを堪能出来て、軽食っぽくパンでお腹が膨れるコロネパンに顔を喜色に染めている。

よほど気に入ったのか、ばくばくと結構な大口で食べている。豪快な食べっぷりだ。とはいえ、それでがさつとか下品とかに見えることもなく、美味しいんだなぁと皆が微笑ましく思える雰囲気があるのだが。

……まぁ、《真紅の山猫《スカーレット・リンクス》》の面々は、もっとも豪快に、勢いよく、かっ込む勢いで食べる女子を知っているので、余計にそういう感じなのかもしれない。あっちは正真正銘の大食いなので。

「ミリー、随分と嬉しそうですけど、気に入ったんですか？」

「あぁ、気に入った。甘くて美味しい上に、腹持ちも良いって最高だろ？」

「あはは、ミリーらしいですね」

傍らのロイリスに問われて、ミルレインは満面の笑みで答えた。鍛冶士見習いとして日々修業に勤しむ彼女は、おやつをエネルギー補給と捉《とら》えている面がある。なので、甘くて美味しくてお腹が膨れるという全部盛りみたいなクリーム入りコロネパンにご満悦なのだ。

対してロイリスは、手にしたコロネパンをちまちまと食べている。ハーフリング族という成人しても人間の子供程度の外見にしかならない種族の彼は、年齢の割に小柄だ。そして、その外見に見合う程度の胃袋しかしていなかった。

クリームのたっぷり入ったコロネパンはとても美味しいけれど、小食のロイリスには一つ食べるのが精一杯と言えた。だから、目の前で嬉しそうにお代わりのコロネパンに手を伸ばすミルレインを見て、凄いですね、と言いたげな顔になるのだ。

小食組は一つ食べるので精一杯とはいえ、多種多様なクリーム入りを堪能出来るコロネパンは概《おおむ》ね好意的に受け入れられていた。沢山食べる面々は、言うに及ばずだ。一部の例外を除いて、《真紅の山猫》の面々は甘味も美味しく食べるので。

その一部の例外であるところの訓練生のラジは、物凄《ものすご》く微妙な顔をして大量のコロネパンを見ていた。鍛錬から戻ってきたところで、果物風味のクリームの匂いが大量にするのである。砂糖の甘ったるい匂いに比べればマシとはいえ、その顔色はあまりよろしくなかった。

白い虎獣人のラジは、見事な筋肉を誇る頼れる前衛だ。そんな彼の弱点は、血と甘味。血を見るだけで気分が悪くなるというちょっぴり前衛に不向きな性質と、甘い物は匂いだけで胃もたれしてしんどくなるという性質が、彼の弱点である。

……そんなわけでラジは、すすっと大量に盛られたコロネパンから逃れるように端っこの方へと移動した。鍛錬してきたので空腹を満たす何かが欲しいとは思うが、あの大量に積まれたクリーム入りのコロネパンを食べられる気がしなかったのだ。

「あ、ラジ、こっちこっち。ラジの分もあるから」

「え？」

そんなラジに気付いた悠利が、おいでおいでと手招きをする。素直にやってきたラジに悠利が差し出したのは、真っ白なクリームが入ったコロネパンだった。見た目はただの生クリーム入りのものに見える。

「ユーリ、これは」

「これはね、いつもより甘さ控えめの、牛乳の旨味を堪能出来るタイプの生クリームが入ったコロネパン」

「……えーっと」

「砂糖控えめだから、ラジでも大丈夫だと思うよ」

「……わざわざありがとう」

「感想聞かせてね、って言われてるから、お願い」

「あぁ」

何故自分にそれが渡されたのかを理解したラジは、素直に礼を言って生クリームがたっぷり入ったコロネパンに噛《かじ》り付いた。本来なら彼は、生クリームも得意ではない。しかし、ルシアが甘さ控えめで作る生クリームは食べられるので、コロネパンに囓り付く姿に迷いはなかった。

悠利の言葉を信じて齧ったラジは、口の中に広がる牛乳の旨味に目を丸くした。食感は確かに生クリームだ。それは間違いない。しかし、砂糖の甘さは殆《ほとん》ど感じられず、牛乳を食べているような濃縮された旨味が口いっぱいに広がる。

生クリームは甘い方が良いという人もいるだろうが、牛乳の風味を堪能出来るのもそれはそれで美味しい。そして、牛乳成分を前面に押し出した生クリームは、ラジのように甘味が苦手な者でも美味しく食べることが出来る。柔らかなパンの食感と合わさって、実に美味しい。

口に出さずともラジが美味しく食べていることが伝わってくるので、悠利は満足そうに頷《うなず》いていた。どうせなら皆に美味しく食べてもらいたいと思う悠利である。良い仕事したな、みたいな雰囲気だった。

「あらあら、今日のおやつは随分と大量のパンなんですね」

「ふむ。これは食べ応えがありそうだ」

「あ、ティファーナさんにフラウさん。ルシアさんとパン屋のおじさんの試作品なんです。味の感想お願いしますね」

「解りました」

「任されよう」

ふらりと姿を現したのは、指導係のお姉様コンビだった。おっとり上品に微笑むティファーナ(ただし怒らせたら物凄く怖い)と、今日もキリリとした佇《たたず》まいが凛々《りり》しいフラウ。甘味は普通に好きなお二人は、嬉しそうにクリーム入りのコロネパンを物色している。

ここ《真紅の山猫》指導係は、リーダーのアリーを含めて五人。その中で、甘味にあまり食いつかないのはアリーぐらいだった。ティファーナもフラウも喜んで食べるし、ジェイクは小食ではあるが甘味も嗜《たしな》む。そういう意味では多分、今日のおやつでどの味を食べるかの判断で悩むのはアリーぐらいだろう。

……ちなみに、指導係のラストワンである凄腕《すごうで》剣士のブルックは、甘味が大好きだ。大好きを通り越して、ちょっと怖いレベルで甘味を愛している。ルシアのスイーツの大ファンでもある彼は、元来大食漢であるので、許可があれば一人でテーブルの上のコロネパンをぺろりと平らげるぐらいはやるだろう。

今はちょっと仕事でいないブルックの分も、魔法鞄《マジックバッグ》と化している学生鞄《かばん》の中に、ちゃんと確保してある。他の人はともかく、ブルックの分だけは何が何でも確保しておかなければいけないのだ。甘味大好き剣士殿が暴走するのが怖いので。

普段はとても頼りになるのだが、甘味が絡むと一瞬でポンコツになってしまうのがブルックだった。それを欠点と捉えるか、ギャップ萌《も》えと捉えるかは人それぞれだが……。ちなみに悠利は「まぁ、それも個性だよね」と考えているタイプだ。

ちらりとテーブルへと視線を向ければ、鍛錬や仕事を終えたと思しき仲間達が美味しそうに好みの味を求めてコロネパンを食べている。小食組も、大食漢組も、誰もが笑顔で食べているのを見て、思わず悠利の顔にも笑みが浮かんだ。

訓練生のリヒトとマリアはどちらもよく食べるので、楽しそうにコロネパンを食べながらお代わりをしている。見るからに前衛と解る鍛えられた体躯《たいく》のリヒトはともかく、マリアはほっそりとした妖艶《ようえん》美女なので何も知らなければ、その健啖家《けんたんか》っぷりに驚いてしまうだろう。

　しかし、彼女が健啖家なのは種族特性なので、別に変なことではない。マリアはヴァンパイアの血を引くダンピールなのだ。麗しの美貌《びぼう》にヴァンパイア譲りの腕力と戦闘本能を兼ね備えたお姉様は、それなりに沢山お食べになるのである。

　他に大食いというと、訓練生のレレイが挙げられる。猫獣人の父を持つ彼女は、人間だが父親譲りの身体能力をしており、よく食べ、よく動く。何でも美味しく満面の笑みでたっぷり食べる彼女の食べっぷりは、かなり豪快だ。

　……腹ぺこキャラでもあるので、そんなレレイの分も悠利はちゃんと確保している。暴れたり圧をかけたりはしないが、目に見えてしょんぼりするタイプなので。何かこう、こちらが罪悪感を抱いてしまうのだ。

「レレイの分はちゃんと確保してあるし、クーレやヤクモさん達の分もあるから、食べ尽くされても大丈夫かな……？」

　学生鞄の中に確保している分を考えて、悠利はテーブルの上のコロネパンがどんどん減っていくのを見ても大丈夫そうだなと一人頷いた。いない人の分はちゃんと確保してあるのだ。

　訓練生のクーレッシュは年齢相応に食べるタイプだが、決して大食いではないのでレレイやブルックのように特別枠でどっちゃり確保する必要がないのだ。それはヤクモも同じである。こちらは頼れる大人枠でもあるので、暴飲暴食はしないという安心感もある。

　ちなみにヤクモは訓練生という位置付けだが、どちらかというと立場は客分に近い。出身地が遠方なので、この辺りで過ごす際に不都合が出ないようにとの配慮で身を寄せているのだ。要はアリーが後見人という感じである。

今この場にいないアリーとジェイクに関しても、それほど大量に用意する必要はない。アリーは甘味にそこまで興味はないし、ジェイクは小食だ。一つずつ、或《ある》いはアリーにはお代わりを含めて二つあれば十分だろう。

他にいないのは誰だっけ……？　と仲間達を見渡して、悠利はイレイシアとアロールの小食二人がいないことに気付いた。小食二人なので、別に大量に確保しなくて良いなと思った悠利は、そっと学生鞄の中身をテーブルに追加しておいた。美味しく食べてねという気持ちを込めて。

イレイシアは訓練生の一人で、海育ちの人魚族の少女だ。儚《はかな》げな雰囲気という感じの、お嬢様系美少女である。ほっそりとした体型通りの食欲をしているので、多分クリームのたっぷり入ったコロネパンは一つが限界だろう。きっと、好みの味付けのものを一つ選んで、一生懸命食べることになるはずだ。

もう一人の不在者である訓練生のアロールは、クラン最年少の十歳児で僕っ娘の魔物使い。小柄で食の細い彼女の胃袋は小さい。きっとクリームのたっぷり入ったコロネパンは一つで満足するだろう。

だからこそ、悠利にはある目論見《もくろみ》があった。

「アロールの分は、やっぱりこの味が良いと思うんだよね……！」

「何一人で盛り上がってるの？」

「うわぁ!?　え、あ、アロール？　おかえり」

「ただいま。で、何盛り上がってるのさ」

決意に燃えていた悠利《ゆうり》は、突然聞こえた呆《あき》れたような声に驚き振り返る。そこにいたのは、首元に従魔の白蛇を巻き付けたアロールだった。いつものスタイルだ。

なお、悠利の足下にいた従魔のルークスは、アロールと共に戻ってきた白蛇のナージャに対して即座にぺこぺことお辞儀をしていた。愛らしいスライムがクールな白蛇に必死に挨拶《あいさつ》をしているシュールな構図だが、割といつものことなので誰も気にしなかった。

ルークスにしてみれば、ナージャは従魔としての大先輩である。従魔とは何たるかを背中で教えてくれる憧《あこが》れの大先輩なので、こうして出くわすと敬愛を込めて挨拶をするのだ。……だが、ナージャには基本的に面倒くさそうな対応しかされていない。力関係は歴然だった。

「えーっと、今日のおやつがクリーム入りのコロネパンでね」

「うん」

「アロールには、このチーズクリーム入りのものを食べてもらおうかなと思ってたんだよね」

「……チーズクリーム」

「そう。生クリームにチーズが入ってるから、甘さ控えめになってるんだって」

「へぇ……」

そっと差し出されたコロネパンに対するアロールの反応は、いささか鈍い。ふうんと言いたげな態度だ。

しかし、別に邪険にすることもなくコロネパンを受け取って、ありがとうと言って去っていく。

……アロールの態度は普通だったが、主《あるじ》の感情を代弁するようにクールな白蛇ナージャが、悠利に向けて恭しく頭を下げていた。それはつまり、アロールが渡されたコロネパンを喜んでいる証だ。

アロールはチーズが好きである。胃袋が小さくあんまり沢山は食べられない彼女に、それなら喜んでくれる味のものを食べてほしい、と思った悠利がチョイスしたのがチーズクリームのコロネパンだった。

ちなみに、大量に積まれたコロネパンの中にもチーズクリーム味のものは存在しており、果物の味とは違ったさっぱりさが好評だ。チーズ好きのフラウは目敏《めざと》くそれを見つけて、満足そうに食べていたりする。

皆から少し離れた場所で、アロールはチーズクリーム入りのコロネパンを食べている。……色々とお年頃なので、目に見えて喜んでいる姿を晒《さら》すのは好きではないのだ。ちょっぴり意地っ張りなところも彼女の魅力である。

かぷり、と小さな口でコロネパンを齧るアロール。コロネパンの表面のカリッとした部分と、中の柔らかい部分。そして、チーズの風味を纏《まと》った生クリームが口の中にぶわりと広がる。甘さはあまりないが、チーズの味わいがしっかりと存在しており、確かな満足感がそこにあった。

「……美味しい」

ぽつりと呟《つぶや》いた言葉は誰の耳にも届かなかった。しかし、主《あるじ》の感想を代弁するようにナージャが悠利に向けてひらりひらりと尻尾《しっぽ》を振ったことで、チーズクリームのコロネパンが美味しいことはちゃんと伝わっていた。主《あるじ》に気付かれないようにする辺りが、ナージャの見事さである。

アロールも満足してくれたと解って、悠利は一安心だった。クーレッシュやレレイは心配せずとも美味しいと言って食べてくれるだろうと予想出来ているし、大人組も自分の好みを見繕ってくれるだろうという信頼がある。不器用で意地っ張りな僕っ娘だけが、ちょっと気になった悠利なのである。

気が抜けた悠利は、そこでふと伝えることがあったのを思いだした。おやつに意識が集中していて、うっかり忘れていた。とても悠利らしい。

「あのさ、ヤック、カミール、ウルグス、マグ」

「何?」

「どうかした?」

「何だ?」

「……?」

仲良くもりもりとクリームコロネパンを食べていた見習い組の四人は、突然名前を呼ばれて不思議そうに首を傾げた。そんな彼らに、悠利は大切なことを伝える。

「実は僕、アリーさんとブルックさんと一緒に数日出かけるから、その間は四人で家事を回してもらわないとダメなんだよね」

「え、ユーリ出かけるの?」

「しかも、リーダーとブルックさんと一緒?」

「どこへ?」

「……何故？」

突然の発言に、四人は驚いたように質問を投げかける。彼らがこんな風になるのも無理はなかった。悠利は基本的に、アジトと市場と知り合いの所以外には出歩かないからだ。泊まりがけなんて、滅多にない。

しかも、同行者がアリーとブルック。どんな事態が起こっても大丈夫だろうと思わせるほどの凄腕二人と共にお出かけだなんて、どこへ何をしに行くんだと思っても無理はない。

そんな仲間達に、悠利はサクッと答えを告げた。サクッと。それが与える衝撃なんて微塵《みじん》も理解しないで。

「ウォリーさんのダンジョンが宿屋をオープンするから、そのお試しに行ってくるね」

「「「「ちょっと待って」」」」

「うん？」

「「「「説明！」」」」

物凄《ものすご》く普通の顔で言った悠利に、見習い組四人は思わず食い気味でツッコミを入れた。がしっと悠利の肩を掴《つか》んでウルグスが動きを止め、ヤックとカミールが滅多に見せない真顔で詰め寄る。マグもじぃっと悠利を見ていた。何でそうなった？　と言いたいのであろう。無理もない。悠利だけが解っていないが。

それは彼らの会話に聞き耳を立てていた他の仲間達もそうなのだろう。会話に割り込んでくることはないが、それまでのようなざわざわとした雑談の雰囲気は消えていた。シーンと静まりかえった中で、悠利は不思議そうに首を傾げながら端的に説明をした。

「ウォリーさんがダンジョンにお客さんを呼ぶ方法を考えてたから、中に宿泊出来る部屋を作れば良いんじゃないかな、ってアイデアを出したんだよね。で、それを実行する前に、お試しで不具合がないかを確認してほしい、ってことになって」

「何でダンジョンで宿屋⁉」

「ユーリの発想どうなってんだよ……」

「えー、だってウォリーさんのダンジョンって、何かこう、見た目はどう考えても観光地みたいなんだもん……」

「「「「……」」」」

僕は悪くないよ、と言いたげな悠利に見習い組は沈黙した。幸か不幸か、この場にはウォリーことウォルナデットのダンジョンを知る者はいなかった。知っていたら悠利の言葉は否定できなかっただろう。少なくとも、外側の数多の歓待場に関しては。

ウォルナデットがダンジョンマスターを務めるのは、無明の採掘場及び数多の歓待場というダンジョンだ。本来のダンジョン部分は無明の採掘場なのだが、こちらはちょっとどころではない物騒ダンジョンで、一般人の立ち入りはダンジョンマスター権限で規制している状態だ。うっかり入ったら死者続出である。

そんな物騒な奥側と異なり、ウォルナデットがお客さんに来てほしくて作った外側の数多の歓待場部分は、各地の建造物を繋《つな》げて作ったような構造をしている。フロアを移動すると建物が変わる感じだ。ちなみにダンジョンの入り口は、ヴァンパイアが出てきそうな洋館という感じである。罠《トラップ》も魔物も申し訳程度に設置した感じで、完全に観光地のノリだ。

その建造物はウォルナデットがダンジョンコアの記憶を基に作り出したもので、実在する、或いは実在した建物だ。今はもう存在しなかったり朽ちている各地の建造物を見ることが出来るというのを売りにして客を呼ぼう、という方針になったのである。そして、それを更に加速させるためのアイデアとして、宿屋にしようという話になった。

いわゆるコンセプトホテルみたいな感じだ。悠利が出した、そのトンチキなアイデアにウォルナデットは全力で乗っかった。彼は元人間のダンジョンマスターということもあって、人間に友好的だ。ダンジョンを維持するエネルギーを確保するためにも、沢山の人に来てほしいし楽しんでほしいと思っているのである。

そしてこの度、内部の改装が整ったので、宿屋として実際に使ってみて不具合がないかを確認してほしいという要請が悠利に届いたのだ。たまたま、ちょうど、本当にタイミング良く、アリーとブルックに物騒ダンジョン部分の追加調査の依頼が来ていたので、その二人の仕事に便乗する形で悠利はお出かけすることになったのだ。

その辺りの事情をかいつまんで説明した悠利に、仲間達は全員がっくりと肩を落としていた。脱力しているともいう。

何でダンジョンを宿屋にしようと思ったんだとか、相変わらずダンジョンマスターと仲良くなりすぎだろと思ったり、まぁ、そんな感じである。しかし、相手は悠利。今更何を言っても無駄だろうと思ったのか、それ以上のツッコミは入らなかった。

「出かけるって、ユーリ、どれぐらいいないの？」

「うーんと、一応一泊二日の予定」

「まぁ、それぐらいならオイラ達だけでも大丈夫かな」

見習い組は悠利と共にアジトの家事を担当している。以前に比べれば全員手際も良くなっているが、それでもやはり、悠利がいるのといないのとでは大きな違いだ。自分達だけで全部出来ると言わない辺り、彼らも成長している。得てして、自分を客観視出来ない頃の方が何でも出来ると思いがちなので。

「無理に張り切ってやろうとしなければ、皆だけで大丈夫だと思うよ」

「頑張るー」

「頑張ってー」

へにょっと笑うヤックに、悠利も笑った。悠利のいない間の家事は、見習い組が頑張るだろう。料理も掃除も洗濯も時間配分考えないとな、と相談を始める姿は、実に微笑ましかった。自分達で出来るように考えるのは大事です。

そんなわけで、お出かけの予定が決まっている悠利は、お泊まりセットの準備しなくちゃーなどと暢気《のんき》なことを考えつつ、美味しい美味しいコロネパンを食べるのでした。今日も《真紅の山猫《スカーレット・リンクス》》は平和です。

第一章　まったりダンジョンでお泊まりテストです

王家からの仕事を受けたアリーとブルック、ダンジョンマスターであるウォルナデットの頼みを受けた悠利は、以前調査をしたダンジョン、数多の歓待場へとやって来た。今回も王家が用意してくれた快適な馬車で移動したので、王都から数時間ほどで到着している。

なお、今の時間はおやつに少し早いかな……？　ぐらいの時間帯だ。昼食は馬車の中で、悠利が作ったお弁当を食べることで済ませている。今日はダンジョンに宿泊するのが目的で、探索は明日からの予定なので、こういうスケジュールになっているのだ。

そんなわけで到着した数多の歓待場であるが、目の前に広がる光景に悠利はぽかんとしていた。以前、来たときとは随分と趣が変わっている。

勿論《もちろん》、ダンジョンそのものに変化はない。相変わらず入り口代わりにでーんと存在しているのは、洋画でヴァンパイアが住んでいそうな洋館である。大草原のど真ん中にぽつんと洋館が佇《たたず》んでいたのが以前の光景。そして今は、その周囲にテントや屋台、簡易小屋などが並んでいた。……そう、小さな市場みたいになっているのだ。

「思っていた以上にお店が増えてますね」

「まぁ、国の調査隊が来てたりするからな。それを目当てに商売をしに来てるんだろう」

「あ、アリーさん、あそこに美味しそうな串焼《くしや》きが……！」

「お前は息をするように食べ物に食いつくんじゃない」

「あうー……」

どんな味ですかね？　とうきうきで屋台へ向かおうとした悠利《ゆうり》は、アリーに襟首を引っ掴まれて動きを止められた。ふわりと漂う濃厚なタレの香りが食欲をそそるのだ。何の肉を、どんな下味を付けて、どういう風に焼いているのか。お料理大好き少年としては、気になって気になって仕方がないのである。

悠利のそんな反応はお見通しだったのか、襟首を引っ掴んだアリーにしても動きが慣れていた。相変わらずだな、お前達、と言いたげな生温《なまぬる》い視線を向けてくるブルックと、仲良し？　と言いたげな眼差しで見つめるルークスの姿があった。ルークスは悠利を害する相手には容赦がないが、アリーの悠利に対する態度には比較的寛大である。保護者様の苦労を察しているのかもしれない。

「それで、宿泊の手続きはどうするんだ？」

「とりあえず、ウォリーさんが入り口で待っててくれるらしいです。そこで鍵《かぎ》をくれるのと、部屋まで案内してくれる、と」

「……その入り口ってのは、建物の外なのか、ユーリ」

「へ？」

アリーの言葉に悠利は首を傾げた。ダンジョンマスターであるウォルナデットは、基本的にダンジョンの中からは出られない。だから、入り口と言えば洋館の入り口の中だと思っていた悠利である。

しかし、アリーが示した先を見れば、ぶんぶんと嬉《うれ》しそうに手を振るウォルナデットの姿が見えた。……洋館の外の、恐らくは兵士の詰め所であろう建物の傍らに、である。物凄く普通に外に出ていた。

「アレ……？」

「確か以前、外側もダンジョンの敷地だと言っていなかったか？　そこまで建物を構築する余力がないから、地面部分だけがダンジョンの範疇《はんちゆう》だとか何とか」

「あ。そんなこと言ってましたね。つまり、あの辺はダンジョンの敷地内なんですね」

こっちだぞー！　と言いたげに手を振るウォルナデット。人好きのするお兄ちゃんがそんな行動に出ているので、周囲は何だか微笑ましいものを見るような眼差しになっていた。……アレがダンジョンマスターだなんて、きっと誰も思いもしないだろう。だって、どこにでもいる普通のお兄ちゃんに見えるのだから。

ブルックの言葉でどうして彼が外に出ているのかを理解した悠利は、果たしてどの辺までがダンジョンの敷地なんだろうか、と思った。屋台などお店がいっぱい出ているが、ウォルナデットが買い物出来る範囲なのかな、と。……まぁ、彼はお金を持っていないので買い物は出来ないのだが。

とりあえず、全力で歓迎されているので、ウォルナデットの所へ向かう悠利達。あいつダンジョンマスターなんだよなぁ、とアリーがぼそっと呟《つぶや》いた言葉には、あえて何も言わない悠利だった。今更である。ウォルナデットは元人間なので、とてもフレンドリーなお兄ちゃんなのだ。

そもそも、彼が先輩と仰ぐのが収穫の箱庭のダンジョンマスターのマギサだ。近隣の住民が遊びに来てくれると嬉しい、なんて理由で農園のようなダンジョンを運営している存在を先輩として尊敬しているのだ。一般論を当てはめてはいけない。

「ウォリーさん、こんにちは。お招きありがとうございます」

「いらっしゃい、ユーリくん。今日は面倒なことを頼んでごめんね」

「いいえ、お泊まり楽しそうなので、大丈夫です」

「それは良かった」

にこにこと、とても友好的な笑顔で迎えてくれるウォルナデット。どう見てもダンジョンマスターには見えないが、悠利にしてみれば知り合いのお兄さん枠なので問題はなかった。……問題があるとしたら、アリーが微妙な顔をしている点だろうか。こいつ、これで正真正銘のダンジョンマスターなんだよな……と言いたげな顔だ。

ブルックの方は特に気にした風もなく、会釈をすることで挨拶《あいさつ》に代えている。元々そこまで多弁な方ではないので（甘味が絡んだときと、親しい友人相手だと何だかんだで饒舌《じょうぜつ》にはなるが）、これは彼の通常運転だ。なので、悠利もアリーも気にしない。

「とりあえず、三人で宿泊って話だから、四人部屋を用意したよ」

「ありがとうございますー」

「あと、色々考えた結果、洗い物が出来るように流し台は作ったけど、コンロとかは置かないことになった」

「……え、そうなんですか？」

「うん」

ウォルナデットの説明に、悠利はそれなら調理は出来ないなーと考えた。まぁ、簡易キッチンで皆のご飯を作るのは大変だろうと思い、今回は作ったものを持ってきたりしているのだが。別に食事に支障は出ない。ただ、悠利がもの足りないと思うだけで。

「確かにあったら便利かとは思ったんだけど、キッチンがなければ外の店で食事を買うだろう？そうした方が相乗効果で良い感じになるんじゃないかって言われてさ」

「どなたに？」

思わず問いかけた悠利だった。ウォルナデットが嬉々《きき》としてダンジョンの一部に宿屋を作ろうとしているのを知っているのは、関係者ぐらいだろう。関係者の中でも偉い人だと思う。それゆえの疑問だった。

そんな悠利に、ウォルナデットはへにゃっと笑って答えた。どこか嬉しそうだった。

「詰め所の兵士を取りまとめてる責任者のおっちゃん。叩《たた》き上げらしく色んな所に気がついてさ。せっかく商人達が来てるんだから、そこと相乗効果が生まれるようにしろって言ってくれて」

「わー、頼れる方がいるんですね」

「そうそう。俺がお金がないから買い物出来ないって言ったら、時々料理を買ってきて分けてくれるんだ。優しいだろ！」

「良かったですねぇ」

盛り上がる二人の会話を聞きながら、むしろそっちが理由で懐いてるんだな、と理解したアリーとブルックだった。元人間のウォルナデットは、別に食事が必要ないダンジョンマスターながら、人間の食べ物に飢えていた。早く鉱物を換金出来る商人などが来てくれると良いな、と生温く見つめる二人だった。

「それじゃあ、一先《ひとま》ず部屋に案内するってことで良いかな？」

「僕は大丈夫です。アリーさんは？」

「今日は宿泊がメインだから問題ない」

「だ、そうです」

「了解。それじゃあ、お部屋にご案内だな」

にかっと笑うウォルナデット。今はまだ国の調査隊や、国から許可を得た者達しか来訪していないので、悠利の姿はとても浮いていた。しかし、ウォルナデットが案内を買って出ている段階で、詰め所の兵士達はそういうものかという顔をしていた。……どうやら彼は随分と馴染《なじ》んでいるらしい。

いざ出発！　と一歩を踏み出した瞬間だった。不思議そうな声が彼らの動きを止めた。

「ブルック？」

「あぁ、やはり君も来ていたのか」

「……ロゼにランディ？　……何でお前等がいるんだ？」

「「何故いないと思った」」

突然名前を呼ばれたブルックが動きを止めて、視線を向ける。悠利達も同じ方向を見た。そこには、一組の長身の男女が立っていた。

どうやらブルックの知り合いらしい二人は、自分達がここにいるのは当然だと言いたげだ。ブルックの方は首を傾げているが、彼らには自分達がここで集合するのは不思議でも何でもないらしい。

……誰だろうこの人達、と思った悠利はアリーを見上げたが、アリーも知らないのか小さく頭を振っていた。

アリーとブルックの付き合いは長い。彼らが共にパーティーを組んでいた頃というのは、もう十年以上も昔の話である。そのアリーが知らない知り合いということは、それよりも前からの付き合いということだろう。随分と親しそうに見える。

悠利達の疑問は、三人の会話で解消された。あっさりと。

「お前達がいるとは思わなかったんだが」

「潰《つぶ》したはずのダンジョンが復活していると聞いたら、見に来るだろうが」

「その通り。休眠状態にはしたが、消滅には至らなかったのだから、なおさらだろう。まして、あのように物騒だったダンジョンだよ。被害があってはと確認に来るでしょうに」

「……つまり、ここはあのとき潰したダンジョンであっていたのか……？」

「「コラ」」

面倒くさそうに女性が勇ましい口調で言い、困ったように男性が穏やかな口調で口にする。その二人の言葉を聞いたブルックは、真剣な顔で、……それこそ、滅多に見せない真剣な顔で、とぼけたことを言った。瞬間、眼前に立つ二人から流れるような仕草で平手が飛んだ。頭をぱしんと両サイドから叩かれて、ブルックは面倒くさそうな顔をしている。

その会話を聞いて、悠利とアリーは顔を見合わせた。見合わせて、そして、盛大に溜息《ためいき》を吐いた。つまり目の前の二人は、ブルックの幼馴染《おさななじ》みである竜人種《バハムーン》だということだ。

ウォルナデットがダンジョンマスターを務める無明の採掘場及び数多の歓待場は、大昔にダンジョンマスターを倒され、ダンジョンコアが休眠状態に追い込まれている。その切羽詰まった状況でダンジョンマスターにされたのがウォルナデットであり、何とか最低限の活動が出来るだけのエネルギーが回復したからダンジョンが地表に浮上したというのが、今の時代にこのダンジョンが発見された経緯だ。

つまりは、目の前の三人が、ウォルナデットの先代をぶっ倒し、ダンジョンコアをボッコボコにした方々というわけである。局地的過剰戦力の集中であった。わー、と思わず感嘆の声を上げた悠利に罪はあるまい。滅茶苦茶《めちゃくちゃ》強い人×三の共演なんて、滅多に見られない。

とはいえ、言葉を交わす彼らの姿はごく普通の親しい者達のようにしか見えず、溢《あふ》れ出る強者オーラみたいなものも引っ込めているのか、周囲の注目を無駄に集めることもなかった。ただアリーだけが、あのアホと小さく呻《うめ》いている。ブルックの記憶力に物申したかったらしい。

そしてそれは、目の前の幼馴染み二人も同じだったらしい。大真面目な顔でとぼけたことを言ったブルックに対して、二人の口からは小言が飛び出している。

「本当に貴様は、甘味以外に対する記憶力が著しく低いな」

「別にそういうわけじゃないが」

「そういうわけでしょうに。依頼が終わればこれ幸いと、優先順位を下げて綺麗《きれい》さっぱり忘れるのは君の悪癖ですよ」

「依頼が終わってるなら良いだろ？」

「「良くない」」

状況による、と真顔で言う幼馴染みに、ブルックは面倒くさそうな顔をしていた。彼にとっては、用済みの事柄は記憶容量から抹消していくのが普通らしい。そんなことより甘味情報を覚えている方が重要だと思っている。

小言を言い続ける長身の男女と、悪びれもせず、ほぼいつも通りの無表情でそれを聞き流している男。全員が周囲よりもかなり長身なので、何だろうあの集団？　みたいな認識はされていた。彼らの会話の声は小さいが、彼らの存在感は消せていなかった。

ましてやここは、一応ダンジョンの入り口付近である。諸々お仕事で出入りする人々が、何だ何だ？　みたいなノリで注目している。……まぁ、注目してはどうやら身内の会話らしいと判断して去っていくのだが。

いつもならばタイミングを見計らって軌道修正に乗り出すはずのアリーが、今日は動けずにいた。ブルックの幼馴染みということは、全員がかなり年上で、しかも強者だ。初対面で迂闊《うかつ》な口を挟めないということだろうか。

そんなアリーを見て、どうするの？　部屋に行かないの？　という顔をしているウォルナデット

い た。

を見て、悠利《ゆうり》は小さく頷《うなず》いた。よし、ここは僕が一肌脱ごう。そんな気分になっていた。

悠利は自分が子供枠であることを自覚している。常識的な大人は、子供に声をかけられて無下にはしない。ブルックの幼馴染みであれば、子供が会話に割り込んでも邪険にしないだろうという信頼もあった。

「あのー、お話が盛り上がってるところ申し訳ないんですけどー、ご挨拶しても良いですか？」

「ユーリ」

「おや、可愛い坊やじゃないか。このバカの知り合いかい？」

「バカ言うな」

「この考えなしの知り合いですか、愛らしい少年」

「考えなしと言うな」

「あ、はは……」

幼馴染みって容赦ないよなぁ、と悠利は思った。女性も男性も、突然割り込んだ悠利に対してとても優しかった。穏やかに笑ってくれている。

そして、そんな風に悠利には優しいけれど、ブルックをこき下ろすのは忘れていなかった。ブルックやレオポルドがアリーと対するときみたいな態度である。ブルックがこういう扱いを受ける側なのは珍しく、ちょっと新鮮な気持ちになる悠利だった。

「僕はブルックさんと同じ《真紅の山猫《スカーレット・リンクス》》で家事担当をしているユーリと言います。お二人は、ブルックさんの幼馴染みの方ですか？」

「あぁ、その通り。あたしはロザリア。ロゼと呼んでくれ」

「私はランドールです。ランディと呼んでくださいね」

「ロゼさんとランディさんですね。よろしくお願いします」

ぺこりと頭を下げる悠利に、二人はやはり優しく微笑んでくれる。その流れで、ブルックが手招きをしたのでアリーやウォルナデットも合流した。勿論《もちろん》、悠利の足下には護衛を自認する頼れる従魔のルークスが鎮座している。自分のご挨拶は最後だと思っているのか、今は特に鳴き声も上げずに大人しかった。

「俺は《真紅の山猫》のリーダーを務めているアリーという。こいつの幼馴染みに会う日が来るとは思わなかった。よろしく頼む」

「俺はウォルナデットでーす。このダンジョンで案内人？　みたいなことをやってまーす」

「……ウォリーさん、そんな楽しそうにぴっみょーな発言しないでください」

「えー、でも、嘘じゃないぞ？」

「嘘じゃないですけどー」

確かに今のウォルナデットのお仕事はそういう感じの部分もある。調査隊の皆さんに適宜情報をお渡しするのも彼の仕事だ。だからって、このダンジョンがどういう経緯で休眠したかを知っているお二人に、その発言は色々とアレである。

案の定、ロザリアとランドールの目がすうっと細められた。元々切れ長の狐目《きつねめ》をしているロザリアはそこまで印象が変わることはないが、柔和な面差しのランドールが唐突に鋭い気配を漂わせると、物凄《ものすご》くギャップがある。思わず小さく声を上げて隣のアリーの腕を掴《つか》んでしまう悠利だった。鈍感でも気付いてしまう気配の変化である。

「ロゼ、ランディ、威圧するな。その男が安全であることは俺が保証する」

「……つまり、彼が何者かを貴様は知っているわけだな？」

「詳しい説明を求めても？」

「お前達が望むなら。……まぁ、こちらもお前達がいた方が話が早い気がするがな」

ぼそりと付け加えられたブルックの一言に、アリーはアホと呟《つぶや》いた。自分の記憶があやふやなので、幼馴染み二人に諸々の確認をしてもらおうという魂胆が見え見えだった。

とりあえず目の前の二人から先ほどまでの怖いオーラが消えたので、悠利はそっとブルックの幼馴染み二人を観察する。どちらも長身で、ブルック同様に体型はほっそりとしている。竜人種の彼らは規格外の力を持っているが、見た目であからさまに解るほど筋肉ムキムキにはならないらしい。種族特性だ。

背が高いのも種族特性なのかなぁ、と悠利はぼんやりと思う。ロザリアは女性だが、長身のアリーと変わらない背の高さを誇っている。ブルックは随分と背が高いと思っていたが、ランドールはそのブルックよりも更に背が高い。縦にだけ大きいのかな？　などというちょっと失礼なことを考える悠利だった。

ロザリアもランドールも、恐らくは冒険者であるのだろう。どちらも武装をしている。ロザリアの方は胸当てや手甲などのパッと見て解る防具を身につけている。対するランドールはジャケットや手袋というそこまでガチガチの防具ではない。

ただし、悠利の頼れる最強チート技能《スキル》【神の瞳《ひとみ》】さんの判定によれば、それらは特殊素材で作られたものであり、ぱっと見ただの上着にしか見えなくても防御力はバッチリらしい。……まぁ、そもそも規格外の身体能力を誇る竜人種だ。あからさまにそれと解る防具がなくとも、彼らは鉄壁である。

ブルックがそれなりに解りやすく武装をしているのは、人間に擬態するのにそれが手っ取り早いからだ。正体を隠すためには、人間達と同じ程度の防具を身につけることで揃える必要がある。もしかしたら、ロザリアの防具もそういうものかもしれないと悠利は思った。

並んでブルックと会話をしているロザリアとランドールは、正反対の印象を受ける二人だった。凛々《りり》しい女性と柔和な男性という感じで、凸凹感がある。

ロザリアは薄桃色の髪をベリーショートにしており、凛々しいその雰囲気はボーイッシュを通り越して男装の麗人のような格好良さがある。似たような雰囲気の持ち主に指導係の一人である弓使いのフラウがいるが、彼女に比べて更に女性らしさが削《そ》ぎ落とされたような雰囲気があった。

悠利のイメージでいくと、女子校の王子様になっている運動部員という感じだった。それも、疑似恋愛の対象にされそうな、男性的に恰好《かっこよ》良い女性だ。どこぞの歌劇団の男役の皆様とかに近いかもしれない。

顔立ちも全体的にシャープで、先ほどからの会話を聞いていると口調も実に勇ましい。声も女性にしては低めで落ち着いており、会話だけを聞いていると男性と錯覚しそうになる。

しかし、だからといってそれが変とか、無理をしているという印象は受けない。あくまでも自然体でそれであり、だからこその魅力があった。強くて格好良いお姉さん、という感じで。

対してランドールは、長く伸ばした白髪を首の後ろで結わえた温厚そうな面差しをしている。全体的な雰囲気は柔和で、上品で物静かという印象を受ける。口調も丁寧で穏やかだった。外見と声音がぴったりと合っている。

過剰な武装をせずに、上着や手袋といった簡素な装いに留めているのもまた、彼の雰囲気を強調しているのだろう。身長はブルックを上回るほどだというのに、その長身からの威圧感というものは微塵《みじん》も存在しなかった。むしろ奇妙な安心感がある。

竜人種という種族からイメージする戦闘に特化した印象とは、どこまでもかけ離れている。勿論、ブルックの幼馴染みであるランドールが弱いとは悠利は思わない。ただ、こうして横から目にするランドールの姿は戦闘とは縁遠く見え、木陰で穏やかに読書でもしている姿が似合うなぁと思うのだ。

ちなみに両者共に外見年齢はブルック同様三十代だ。実年齢は聞いてはいけない。当人達が覚えているかどうかも怪しいし、仮に覚えていて教えられても、色々と種族差に打ちのめされそうなので聞かない方がきっと幸せだ。……何せ、この地に王国が誕生する前、先代のダンジョンマスターをぶっ倒した方々なのだから。

そんな風に二人を観察している悠利と、相変わらず幼馴染み三人であーだこーだと話をしている姿を眺めていたウォルナデットが、あのーと声を上げた。ちなみにアリーは置物のように大人しくしていた。割り込めなかったようだ。

「ウォリーさん？」

「とりあえず、込み入った話もありそうですし、部屋に行きません？　ここだと目立ちますし」

「「……あ」」

ね？　と笑顔で提案するダンジョンマスター。相変わらず注目を集めまくりだったので、確かにその通りだなと一同は納得した。大きな声では出来ない諸々の説明も、誰も来ない場所でならば思う存分出来るだろうから。

そんなわけで一同は、ウォルナデットの先導で本日の宿に当たる部屋に向かうことになった。ロザリアとランドールにも異論はなかったらしく、彼らも大人しく付いてきてくれました。

思わぬ場所での再会で、どうやら今回の調査に突発的にお仲間が増えることになりました。愉快なことになりそうです。

◇◇◇

「うわー、凄《すご》いですねー」

ウォルナデットに案内された部屋に足を踏み入れた悠利は、思わず感嘆の声を上げた。そうなってしまっても無理のない状況が目の前にあったのだ。本日の宿として用意された部屋は、豪華な中華風デザインだったのである。

日本で観《み》た中国ドラマの歴史もので見るような、宮中の豪華なお部屋！　みたいなノリの装飾である。壁の色や調度品の色彩は全体的に赤い。中華のイメージと赤は切り離せないのかもしれない。勿論、こちらの世界での呼び方が何風なのかは悠利には解らない。悠利の中では中華風なだけである。

室内にはベッドが四つと、テーブルにソファ、簡易の流し台の他に、備品を入れる棚なども配置されていた。そのいずれもが異国情緒漂う中華風の細工物で、ベッドなどは天蓋《てんがい》付きというちょっとテンションが上がる仕様になっている。

勿論、悠利のテンションも上がりまくりだ。凄い凄いと言いながら、部屋のあちこちを見ている。ルークスも興味津々で悠利の後をついていき、キュイキュイと鳴きながらあちこちを触っている。微笑ましい光景である。

「トイレと風呂《ふろ》はそれぞれ扉の向こうな。洗面台はそっちの奥」

「はーい。トイレとお風呂、別々にしてくれたんですね」

「その方が便利だって言ってたからな」

わーいお風呂ー！　と悠利は嬉《うれ》しそうに早歩きでトイレとお風呂、洗面台の確認に向かう。いずれも、使いやすいように調整されており、ここで生活するのに不自由がないことを伝えてくる。

勿論、調度品は中華風で、外は見えないが窓の細工も精巧なものだった。その空間だけで非日常を堪能出来る。お客さんに来てもらいたいというウォルナデットの熱意の賜だった。

お風呂場には、雰囲気を出すためなのか細かな細工が美しい衝立《ついたて》も用意されていた。枠組みは赤で、彩りに金や緑が鮮やかだ。模様は満月をモチーフにしており、何とも幽玄的な雰囲気があった。

「ところで、この部屋とっても快適な気温ですけど、調整してます？」

「してる。外は夏で暑いだろー？　汗かくのは嫌だよなぁと思って、ダンジョン内は全部良い感じの気温にしてある」

「流石です、ウォリーさん」

「先輩に、その方が喜んでもらえるって教わったからな！」

「流石マギサ！」

ダンジョンに訪れる人々をお客さんと呼び、楽しんでもらえたら嬉しいな、などと宣《のたま》うダンジョンマスターのマギサを先輩と仰ぐウォルナデットは、その辺も抜かりがなかった。万年、空調完璧《かんぺき》状態なんて、宿として最高過ぎる。うんうんと満足そうに頷く悠利であった。

そんな風に悠利とウォルナデットはキャッキャと楽しそうに部屋の内装チェックに余念がないが、大人組はそうもいかなかった。とりあえず、人目のないところで詳しい話をしよう、と連れてこられたロザリアとランドールは、目の前の光景に微妙な顔をしていた。

何だこれは、と言いたいに違いない。そもそも、ウォルナデットの正体、その他についての説明がまだである。悠利が楽しそうなのは子供枠で気にならないようだが、ウォルナデットに関してはそうもいかない。このダンジョンの案内役などと名乗った青年が何者なのか、二人は気になっているのだ。

ちゃんと説明しろと言いたげな二人分の圧を受けても、ブルックは平然としていた。流石は幼馴《おさなな》染《じ》み。こういったやりとりも、よくあったのかもしれない。

「ブルック、この部屋は何なんだ。それと、あの青年は」

「ここは俺達が今日泊まる宿だ。このダンジョンに宿屋を作ろうという話でな」

「はぁ？　ダンジョンに宿屋？　何だ、その戯れは」

「戯れじゃなくて、本気でやってるぞ。あいつは」

「「……」」

どういうことだ、と言いたげな二人の視線に、ブルックはひょいと肩をすくめた。彼は事実を告げただけである。たとえその事実が奇想天外であり、現実離れしていようと、事実は事実なのだ。そこはどう足掻《あが》いても変えられない。

小さく溜息《ためいき》を吐いて、ランドールが口を開く。声音は穏やかだが、そこに含まれたのは鋭い意志である。

「それで、彼は一体何者なんですか？　随分と、このダンジョンに詳しいようですが」

「当代のダンジョンマスターだ」

「ダンジョンマスター……!?」

「何故そんなものと行動を共にしているんだ、貴様……！」

まぁそういう反応になるわなぁ、と三人の会話を見守っていたアリーは思った。普通に考えて、ダンジョンマスターは敵である。ダンジョンに侵入するもの全てを敵と認識し、排除のために動くのがダンジョンマスターの本質なのだから。

正確には、各々の特性を用いて探索者をおびき寄せ、その生命力をダンジョンコアのエネルギーとして奪うために策略を巡らせるのがダンジョンマスターだ。ダンジョンコアの守護者であり、ダンジョンコアのエネルギーを回収するためにおびき寄せた者達を滅ぼす。それが彼らの基本の姿である。

しかし、ウォルナデットは違う。悠利《ゆうり》と仲良く談笑している姿は、ただの人間にしか見えない。勿論《もちろん》、ブルック同様に強い力を持つ竜人種《バハムーン》の二人は、彼がただの人間ではないことを感じとっている。

ただ、彼から一欠片《ひとかけら》も悪意や殺意を感じなかったからこそ、放置していたのだ。むしろ友好的な気配しか存在しなかった。だからこそ、ウォルナデットがダンジョンマスターだ、などと思わなかったのだ。彼らが知るダンジョンマスターは、こんな風に友好的ではないのだから。

即座に気を引き締める二人に対して、ブルックは淡々と理由を説明した。ある意味で正しく、ある意味でそうじゃないだろ、と言われそうな理由であったが。

「ユーリの友達なんだ」

「……は？」

「……え？」

「あのダンジョンマスターと、彼が先輩と仰ぐ王都近隣の収穫の箱庭のダンジョンマスターは、ユーリとても仲の良い友人でな」

「「はぁあああああ!?」」

何だそれは、と言いたげに声を上げた二人に、罪はない。ブルックは平然としているが、その彼だって今は慣れているだけで、最初は色々とアレな現実にちょっと頭を抱えた記憶だってある。なので、幼馴染み二人が驚愕《きょうがく》するのを、そうだろうなという気持ちで見ていた。

そんな三人の姿を見ていたアリーは、悠利のお部屋探検も一段落したのを見てとって、悠利とウォルナデットを呼び寄せた。余人のいないこの空間で、改めてちゃんとした自己紹介をするべきだと思ったのである。間違ってない。

「ブルック」

「あぁ。ここなら遠慮はいらんからな。改めて自己紹介といこう。この二人はロザリアとランドール。俺の幼馴染みで、どちらも冒険者だ。……お前ら、今は何をやってるんだ？」

最後の言葉は、まだ若干驚愕から抜け出せていない二人に向けられた。それでも、問いかけにすぐに反応出来るのは流石である。その辺りの適応力などは、やはり長年の生活の賜だろうか。

「あたしは女性相手の護衛依頼をメインに受けてる。貴族の女性なんかで未婚の場合は、異性の護衛より同性の方が良いと言うんでね。主に指名依頼さ」

「あぁ、なるほど。だからお前、昔に比べてしっかり武装してるのか」

「見た目で安心感を与えるのは大事だろう？」

ロザリアは口元に笑みを浮かべて答える。彼女がそれなりにきちんと防具を身につけているのは、そうすることで護衛対象にちゃんとした実力者だと理解してもらうためだ。余計な混乱を招かぬためには、それなりに小細工は必要なのである。

「ランディは？」

「私は主に狩りを。食材の採取依頼を専門に受けています。魔物食材は強いほど美味しい傾向にありますしね」

「……なるほど。つまりお前に依頼を出せば、肉を狩ってきてもらえる、と」

「ブルック、自分で狩れるでしょう」

何か食べたい食材でもあったのか、ブルックは大真面目な顔で言う。それに即座に入るランドールのツッコミ。互いの技量を解っているからこそのツッコミである。

それに対するブルックの返答はというと——。

「生息地に行くのが面倒くさい」

「君……」

「貴様本当に、甘味以外では物臭を発揮しおって……」

「……わぁ」

「……アホ」

はぁ、と盛大な溜息を吐く一同。そうなんだーみたいな反応をしているのはウォルナデットとルークスだけだった。元人間と従魔にしか理解されていない段階で、色々とアレである。

とはいえ、とりあえずこれでロザリアとランドールがどういう冒険者かというのは理解出来た。どちらも主に指名依頼で仕事をしている段階で、凄腕《すごうで》なのは察せられる。武器は見当たらないが、魔法道具《マジックアイテム》みたいな感じで何か特殊なものを持っているのだろうと悠利は思った。

悠利とアリーの自己紹介は、先ほどのもので問題ない。唯一自己紹介をしていなかったルークスが、自分の番かな？　と言いたげにぽよんぽよんと跳ねているぐらいだ。

そんなルークスの動きを見たブルックは、小さく笑った後に愛らしいスライムを示して口を開いた。

「ロゼ、ランディ、このスライムはルークスと言って、ユーリの従魔だ。見た目は小さく愛らしいが、とても利口で頼りになる」

「キュキュー」

「確かに、随分と理知的な眼差しをしているな」

「ふふふ、よろしくお願いしますね、ルークスくん」

「キュイ！」

ぺこぺことお辞儀をするルークスに、ロザリアもランドールも好意的に笑ってくれた。それと同時に、目の前の愛らしいスライムが、見た目通りの存在ではないことも感じとっているらしい。

……《真紅の山猫》《スカーレット・リンクス》の面々が「ユーリの従魔だから」で納得している部分を、どう折り合いを付けてくれるのかが心配である。

とはいえ、ルークスが見た目に反して知能が高い点を、彼らはそれほど重く考えてはいないようだった。伊達《だて》に長い時間を生きているわけではないということだろう。その程度のことは、彼らにとっては恐らくは些末事《さまつごと》なのだ。

……或《ある》いは、自分が注目されていることになど気づきもせずに、悠利とのほほーんと会話をしているウォルナデットの存在の方が、気になって仕方がないのかもしれない。

「……それで、ブルック。彼をきちんと紹介してもらえるかい？」

「ウォルナデット、ご指名だ」

「あ、俺の番です？　えーっと、このお二方には全部ぶっちゃけて良い感じですか？」

「問題ない」

「了解です」

ブルックに呼ばれて、ウォルナデットは軽やかに三人の元へと移動する。全然気負った様子がなかった。物凄《ものすご》く通常運転である。……この元人間のダンジョンマスターのお兄さんは、何というかこう、メンタルが頑健なのである。

ぺこりと礼儀正しくお辞儀をして、ウォルナデットは改めてロザリアとランドールに名乗った。どこまでも普通のままに。

「改めまして、俺の名前はウォルナデット。愛称はウォリーです。このダンジョン、数多の歓待場及び、その本体である無明の採掘場のダンジョンマスターです」

「「……」」

「あ、ダンジョンコアは物騒路線ですが、俺は友好路線なので、安心してくださいね！」

ぐっと親指を立てて宣言するウォルナデット。彼の表情は物凄く晴れやかだった。自分の正体を明かしても良い相手は少ないので、ちょっと嬉《うれ》しかったのかもしれない。

そう、ウォルナデットがダンジョンマスターだというのは、一部の者にしか知らされていない。

うっかりエンカウントして知り合ってしまった悠利達とか、国の偉い人達とか、何かあったときのために事情を全部知らされている詰め所の責任者のおっちゃんとか。その辺だけである。

調査に訪れる者達にさえ、彼の正体は秘匿されている。このダンジョンに詳しい者という実に曖《あい》昧《まい》な立場は、国王のお墨付きという伝家の宝刀で誰も口を出せない状態だった。ウォルナデットが人間の頃の姿に擬態したままなのも、一役買っているのだろう。

あまりにもあっけらかんと正体を暴露されて、ロザリアとランドールは額に手を当てて呻《うめ》いている。彼らの知るダンジョンマスターは、こんなのではない。出会ったら即座に武器を構えて応戦しなければならないような、そういう者達である。

会話は出来ても意思の疎通は図れない。それがダンジョンマスターのはずだった。だというのに、今目の前にいるのは物凄くフレンドリーなお兄ちゃんである。何だこれ、と呟《つぶや》いたのはロザリア。どうなっているんですか、と呻いたのはランドール。長く生きている彼らにしても、予想外過ぎる事態なのだろう。

「で、ウォルナデット、話がある」

「何です?」

「俺とこの二人が、お前の先代を叩《たた》き潰《つぶ》した冒険者なんだ」

「……はい?」

物凄く端的に告げたブルックに、ウォルナデットは首を傾げた。はいー? みたいな感じでぐぐっと首を傾げている。見た目が三十代に見えるブルックにそんなことを言われても、彼にはさっぱり解らなかったに違いない。

あ、これ説明が足りてないやつだ。見守っていた悠利はそう思ったし、悠利の隣にいたアリーも同じ気持ちだったのだろう。言葉の足りない相棒の代わりに、説明役を担うために口を開いた。

……お疲れ様です。

「ウォルナデット、この三人は竜人種だ。見た目は若いが、このダンジョンが休眠状態になる前を知っている」

「竜人種⁉　え、本当……？」

「本当だ」

ブルックがあっさり暴露しても、ロザリアもランドールも平然としていた。正体を明かしても大丈夫だとブルックが判断した、という信頼があるのだろう。驚きもせずに見守っている悠利達へと視線を向けて、口元に笑みを浮かべるぐらいだ。知っているんだな、と言いたげに。

目の前の三人が竜人種であると聞かされたウォルナデット。人の姿と竜の姿を併せ持つ、ヒト種最強の戦闘種族とまで呼ばれる存在を前にして、元人間のダンジョンマスターが取った行動は……。

「うわー！　本物だ！　本物の竜人種に会えるなんて！　凄《すご》い‼」

「「「……」」」

思いっきりミーハーな感じだった。何でそうなると言いたげな三人の視線にも動じず、顔をキラキラと輝かせている。少年のような瞳《ひとみ》だった。

元冒険者であるウォルナデットにとって、規格外の強さを備えた竜人種の冒険者というのは、憧《あこが》れの存在だったようだ。本物だ、本物だ、と一人で大はしゃぎしている。憧れのヒーローに出会った少年のような反応である。

「……アリーさん」

「何だ」

「竜人種の皆さんって、あーゆー反応されるものなんですか？」

「いや、どっちかっつーと、化け物扱いとか、竜素材目当てで追い回されるとかのはずだ」

「……ウォリーさんが例外？」

「多分な」

完全に外野の悠利とアリーは、そんな会話を交わしていた。握手してください！　と完全にミーハーなファン状態のウォルナデットと、そんなテンションで迫られると思っていなかったのか、困惑している三人。珍妙な光景が目の前にある。

なお、アリーが告げた言葉は、間違っていない。竜の姿を持つからこそ、竜素材目当ての輩《やから》に追い回されることもあるのが竜人種だ。だからブルックは人間のフリをしているし、恐らくはロザリアとランドールもそうしているのだろう。冒険者ギルドの上層部しか知らないとか、そういうアレのはずだ。

だからこそ彼らは、好意的にキャッキャしてくるウォルナデットに、どういう反応をして良いのか解らないのだろう。言われるままに握手をして、男性陣は何故かハグまでしていた。流石に女性のロザリア相手には自重したらしい。

ちなみに、ブルックが自分達の正体を明かしたのは、今回の調査に関してウォルナデットにあらかじめ話を通しておこうと思ったからである。なのに、その本題に全然入れていない。入る隙が与えられない。

それに、ロザリアとランドールの二人にも話を通す必要があった。彼らはそもそもこのダンジョンがどうして休眠状態から復活したのか気になってやって来ていたようなので、調査に同行してほしいと頼んでも二つ返事で頷《うなず》いてくれそうではあるが。

それでも一応、ちゃんと話は通したい。通そうとブルックは思った。思ったのだが、その会話が出来るようになるには、今しばらく時間がかかりそうだった。

「ウォリーさんが落ち着くまで、真面目な話は無理そうですねー」

「そうだな」

「じゃあ、僕、今のうちにお茶の準備しておきますね」

「は？」

「そろそろおやつの時間ですし、お茶をしながらゆっくりお話しすれば良いですよね」

にこにことといつも通りの笑顔の悠利《ゆうり》。いつもと違う場所、いつもと違うメンバー、いつもと違う状況でも、彼はまっっったくブレなかった。安定の悠利である。

色々と言いたいことはあったのだろうが、アリーは盛り上がったままのウォルナデットと振り回されている竜人種《バハムーン》達を見て、言葉を飲み込んだ。口にしたのは、一言だけである。

「足りるのか？」

「おやつは余分に持ってきてるので、大丈夫です」

「そうか」

もう好きにしろ、とでも言いたげであった。あっちもこっちも、軌道修正をするのが面倒くさくなったのかもしれない。特に実害があるわけでもないので、放置すると決めたらしい。たまにはそういうときもある。

背後で賑《にぎ》やかに騒いでいる四人の声を聞きながら、悠利は嬉々《きき》としてお茶の準備を整えるのでした。お茶会は落ち着いて出来ると良いですね。

◇◇◇

「皆さーん、とりあえず一度休憩して、お茶にしませんかー？」

部屋の中央に置かれたテーブルに良い感じにお茶の用意を整えた悠利は、テンション高めのウォルナデットと、それに押されている竜人種三人に向けて声をかけた。アリーは既に着席しているし、ルークスもテーブルの下に陣取っている。こちらはスタンバイオッケーだった。

視線を向けてきた竜人種三人とウォルナデット。お茶？　と言いたげな顔をしている彼らに、悠利はすっとテーブルの上を示して見せた。お茶とお茶菓子が準備されている。

次の瞬間、目にも留まらぬ早さでブルックが動いた。風が動いたような気がした悠利は、気付けばきちんと着席しているブルックを見て、あははと笑った。相変わらず、甘味に対する反応がえげつないほどに早い。やる気が違いすぎる。

「……お前なぁ……」

思わず、呆《あき》れたようにアリーがぼやくのも無理はない。今まで会話をしていた幼馴染《おさななじ》み達を完全放置でやってきたのだ。あまりにも安定すぎて頭が痛いらしい。

ただし、ポカンとしているのはウォルナデットだけで、ロザリアとランドールは小さく息を吐くだけで終わっていた。流石は幼馴染み殿。ブルックの性質はよく解っているようだ。

「まったく君は、相変わらず甘味に目がないというか何というか……」

「それ以外のことに興味がないから、余計に際立つんだろうな」

「そうだねぇ」

やれやれと言いながらやってくるランドールと、このアホと言いたげなオーラを隠しもしないロザリア。その二人の後ろを、ちょこちょことウォルナデットがついて来ていた。

どうぞ、と悠利に促されてロザリアとランドールが席に着く。ウォルナデットは、窺《うかが》うような顔で見ている。そんな彼に対して、悠利はいつもの笑顔で告げた。

「大丈夫ですよ、ウォリーさん。ちゃんとウォリーさんの分もありますから、座ってください」

「ありがとう、ユーリくん！」

「甘味は久しぶりですか？」

「加工品は久しぶりだよ。果物は先輩のおかげで色々食べてるけど」

わー、ケーキだー、と顔を輝かせるウォルナデット。ダンジョンの周囲に屋台が出来て食べ物を売っているとはいえ、想定している客が調査隊の面々や詰め所の兵士達なので、がっつりご飯系が多いらしく、デザートの類いは存在しなかった。

それに、ウォルナデットには現金収入がない。お金がないので、仮に売っていたとしても購入は出来ない。彼にとって甘味とは、先輩ダンジョンマスターであるマギサが分けてくれる、色とりどりの果物しかないのだ。

しかし、元人間のウォルナデットは、甘味を知っている。ケーキに大喜びするのがその証拠だ。人間の食べ物に飢えているお兄さんは、元々の自分の食の好みを忘れてしまっているので、今は何でも美味しいと喜んで食べるのである。……とても不憫《ふびん》だった。

「パウンドケーキと紅茶です。ケーキを楽しんでもらうために紅茶はストレートですが、砂糖やミルク、レモンもありますので、必要だったら言ってください」

にこっと笑って悠利が告げた言葉に、ロザリアがすっと手を挙げて発言を求めた。首を傾げた後に悠利はこくりと頷く。はて、何を言われるのだろうか、と。

「あたし達の分まで用意してくれてありがとう、少年。ところで聞きたいのだが、この紅茶はどうやって準備したんだ？」

「へ……？」

「見たところ、この部屋には火元がない。湯を沸かすことは出来ないと思うが」

静かに問いかけるロザリアに、悠利はパチパチと瞬きをした。ブルックとアリー、ウォルナデットは平然としている。彼らは悠利がパパッと食べ物を準備することになれてしまっていた。

そして、何を疑問に思われているのかさっぱり理解していない悠利は、けろりと答えた。事実を。

「魔法鞄《マジックバッグ》から取り出しただけですけど？」

「「は……？」」

「このポットに淹《い》れ立ての紅茶を準備してきているんです。お代わりもありますからね」

「……待て。待ってくれ、少年」

「何ですか、ロゼさん」

額を押さえて呻きながら待ったをかけるロザリアに、悠利は素直にお返事をした。聞かれたことには全て答えるスタイルだ。だって悠利は別に何も変なことをしていると思っていないのだから。

しかし、ロザリアにしてみれば衝撃だったのだろう。可哀想に。

「……見たところ、この紅茶は淹れ立てそのもののように温かいのだが」

「はい。熱々の状態で用意しています。室内が暑かったら氷を入れようかと思ったんですが、適温だったので温かい紅茶も良いかなと思いまして」

「違う、そうじゃない、少年。あたしが聞きたいのはそこじゃない」

「え？」

すらすらと答える悠利に、ロザリアは再度ツッコミを入れた。彼女が聞きたいのはそういうことではないのだ。ホットティーかアイスティーのどっちにしようか悩んでたんですよー、みたいな事情はどうでも良いのである。

「あたしが聞きたいのは、恐らく出立前に準備をしたてであろう紅茶が、何故そこまで出来たての状態を維持しているのか、ということだ」

「……はい？」

「見たところそれは、ただのポットだろう？　何故それで、保温が維持されているのかだ」

ロザリアが言いたいのはそれだった。容器が保温機能を備えているならまだしも、悠利が手にしたポットはごくごく普通の紅茶ポット。かなり余分に持ってくるために大きめサイズになっているが、ごく普通のただの紅茶ポットである。

そこで初めて悠利は、ロザリアが何を気にしているのかを理解した。なるほど、そこが気になっていたのか、と。だから彼は、素直に答えをお伝えすることにした。傍らに置いておいた学生鞄を手に取って、笑顔で告げる。

「僕の魔法鞄、中のものの劣化がゆっくりなんです」

「……どんな仕様だ……！」

えへっと笑顔で告げた悠利に、ロザリアは叫んだ。多少なりとも保存が利く魔法鞄があるのは彼女も理解している。だからといって、これは異質なのだ。

保存機能が高い魔法鞄も、そもそも器やその中に入れるものを活用して効力をより高めるようにしている。悠利の学生鞄のように、何の変哲もない紅茶ポットを中に入れて、それが未だに熱々ほかほかなんてことはないのである。

なお、正しくは時間停止機能が付いているので、中に入れたものの状態は変わらない。流石に言うと大事になると思っているので、その辺はお口チャックなのだ。

ちなみに、発酵させたい食品や、寝かせて味を染みこませたい食材の場合は逆に使えないのが悠利の学生鞄である。……いや、普通は魔法鞄をそんな風に使わないのだが。

色々と現実に直面しているロザリアと、口を挟まなかったものの同感だったらしく盛大な溜息《ためいき》を吐いているランドール。そんな幼馴染み二人に向けて、ブルックは淡々と告げた。……なお、まだゴーサインが出ていないのでケーキには手を付けていない。鋼の忍耐力だった。

「ユーリが関わることに常識を期待しても無駄だぞ」

「ブルックさん、それどういう意味ですか⁉」

「割と言葉のままだが」

「ひどいですー！」

「いやしかし、実際そんな感じだろう……？」

「うぅ……」

あまりにもあんまりな言い草であったが、悠利にそれを否定することは出来なかった。……出来なかったのである。今までのアレコレを思うと、何も言えなくなった。

なお、アリーはその通りだと言いたげに大きく頷きながら紅茶を飲んでいる。全ての事情を知っている保護者様は、誰よりも実感があるのだろう。悠利の味方はいなかった。

「……もう良いです。とりあえず、皆さんお茶請けのケーキもどうぞ。ラムレーズンのパウンドケーキだそうです」

「……彼女が作ったものか？」

「……ブルックさん、顔、顔、近いです……」

ずずいっと身を乗り出すように問いかけてくるブルックに、悠利はちょっと遠い目をしつつ押し返すような仕草をした。長身のクール剣士殿が真顔で迫ってくると、圧が凄《すご》いのだ。慣れてはいるのだけれど。

「ええ、これはルシアさんの試作品です。大人向けに、ラム酒をたっぷり使ったラムレーズンのパウンドケーキを開発したそうで。味の感想を聞きたいそうです」

「……いただこう」

目の前のケーキがルシアの試作品だと理解したブルックは、パウンドケーキに手を伸ばした。元々二十五センチほどの長さのものを、食べやすい大きさにルシアがカットしてくれたパウンドケーキは二本分ある。それなりのボリュームだ。

悠利も食べるつもりではいるが、結構しっかりとラム酒を使っているとのことなので、控えめにしようと思っている。別に酔っ払うほどではないと思うのだが、大人向けに調整しているということで、酒精が強めらしい。

だからこそ、悠利は今この場に試作品を出したのだ。……そう、このケーキは、ここが初のお目見えである。アジトには残してきていない。ルシアと大の仲良しのヘルミーネだけは大食堂《食の楽園》で試食させてもらっているが、他の面々には用意されていないのだ。

なお、一応理由はある。お酒入りだから、である。

下戸のリヒトは自分が酒に弱いのを解っているから自制するだろう。問題は、未成年組だ。見た目はとても美味しそうなレーズン入りのパウンドケーキ。それが大人組だけと言われて我慢出来るのかどうか、とても怪しかった。

なので、悠利《ゆうり》はブルックに釘《くぎ》を刺すのを忘れない。

「ブルックさん、このケーキ、ヘルミーネ以外は食べてないので、アジトで口にしないでくださいね。揉《も》めると困るので」

「……了解した」

「そこまで警戒するほどか、これ……？　確かにそれなりに酒精はあるが」

「アリーさん」

既に、半分ほどパウンドケーキを食べていたアリーが口を挟む。そんな彼に、悠利は大真面目な顔で告げた。

「ルシアさんが作っただけあって、とても美味しいそうです。未成年組がお代わりをしまくりそうなほどに」

「………………そうか」

「……そうなんです。先に食べているヘルミーネが太鼓判を押しちゃったので……」

無用な騒動は避けたいのだという悠利の訴えを、アリーは神妙な顔で聞いた。美味しい食べ物を前にしては、理性がどこかに吹っ飛んじゃうのが愉快な仲間達の常である。大人組ならまだしも、子供組がそうなると今回はちょっとよろしくない。

ちなみにヘルミーネは外見年齢こそ十六歳ぐらいだが、実際はその三倍は生きているし、羽根人基準では飲酒も問題ないらしい。本人はそれほど酒に興味はないので、普段は別に飲んだりしないのだが。

あと、一応この辺りの成人年齢が十八歳なので、自分がそれに満たないように見えること、種族換算の年齢が外見通りであることも鑑《かんが》みて、料理に使われている以外の酒に手を出していないのだ。その辺はちゃんとしている。

一通りの説明や前置きが終わったので、悠利もパウンドケーキをいただくことにする。フォークで食べやすい大きさにカットするのだが、パウンドケーキなのでしっかりとした弾力がある。スポンジケーキとはまた違う感覚だ。

柔らかな色合いの生地には、満遍なくラムレーズンが散らばっている。食べ応えはあるが、生地とのバランスを損なうほどには入っていない。その辺りの調整は、流石ルシアというところだろう。パティシエのお姉さんは凄いのだ。

食べやすい大きさにしたパウンドケーキをフォークで刺して、そっと口へと運ぶ。口に入れた瞬間に感じるのは、ふわりと香るお酒だ。しかし、苦みを感じたりはしない。芳醇《ほうじゅん》な香りとでも言うのだろうか。口の中いっぱいに、それが広がる。

噛《か》めば、ずっしりとした存在感のある生地がほろりと崩れる。バターの旨味がしっかりとそこにあった。ほろりと崩れながら、しっとりとした食感の生地は上品な甘さで楽しませてくれる。

そして、そこにアクセントとして存在するのがラムレーズンだ。ラム酒に漬け込まれたレーズンは、ギュギュッと旨味を凝縮させていた。噛んだ瞬間にレーズンの旨味とラム酒の芳醇さが、ぶわりと広がる。味の爆弾だ。

ラムレーズンだけでは味が濃いと感じただろう。しかし、それを包み込むパウンドケーキの生地がある。二つの調和によってそれは、とても見事な味わいを生み出していた。どちらが欠けても、この美味しさは存在しないのだと言うように。

流石ルシアさん、と悠利は思う。大人向けというだけあってラム酒の香りが強いけれど、それでもとても美味しく仕上がっている。パウンドケーキはずっしりとしているので、一切れ食べただけでも確かな満足感があった。

ちらりと視線を向ければ、ブルックは無言でパウンドケーキを食べ続けていた。……そう、食べ続けている、だ。果たして何切れ目に手を伸ばしているのだろうか。味わってゆっくり食べているはずなのだが、次から次へとパウンドケーキが彼の皿へと吸い込まれていく。

「……安定のブルックさんですねぇ」

「まぁ、ブルックだからな」

「アリーさんはどうです？　お口に合いました？」

「あぁ、悪くない。確かにこれなら、大人向けというのも納得だ」

「良かったです。伝えておきますね」

悠利とアリーは一切れ食べれば満足なので、そんな風にのどかな会話をしていた。ロザリアも一切れを味わうように、ゆっくりと食べている。お口には合ったらしく、その表情は柔らかだ。

……そう、問題は、残り二名であった。

ブルックがいっぱい食べるのは悠利の予想通り。多分ウォルナデットも甘味に食いつくだろうなというのも、予想していた。予想外だったのは、ランドールである。

柔らかな面差しの、明らかに武闘派と解る雰囲気のブルックやロザリアと違って後方支援タイプに見えるランドール。今までの会話からも落ち着いた性格なのだと悠利は思っていた。その彼が、ブルックに負けず劣らずの速度でパウンドケーキを食べていた。

いや、竜人種《バハムーン》の胃袋が人間よりも大きいのだとは思うので、沢山食べるのは良いのだ。ただ問題は、何でそんなに食いついているんだろう、という話なだけで。実際、ロザリアはそんなに食いついていない。

「……あのー、ランディさん」

「どうかしましたか？」

「あ、いえ、その……、お口に合いました？」

「とても。甘味にはさほど興味はなかったのですが、こちらはとても美味しいですね」

「そうですか。それなら良かったです」

甘味に興味がないと言いつつ、次から次へとお代わりをしているランドール。物凄《ものすご》く口に合ったんだなぁと思う悠利。ルシアの腕が良いということだろうかと考えた彼の耳に、違う違うとロザリアの声が届いた。

「ロゼさん？」

「ブルックは純粋に甘味が好きだからあの状態だが、ランディの場合は酒が好きなんだ」

「……酒？」

「ブルックが甘味に目がないように、ランディは酒に目がない」

「お酒入りだから、ここまで食いついてるんですか⁉」

「そうだ」

美味しいですね、と上品に微笑みながらパウンドケーキを平らげているランドール。彼がここまでラムレーズンのパウンドケーキを気に入った理由は、大人向けとしてルシアが作った酒精の強さにあった。そう、ランドールは甘味を求めているのではなく、酒精を求めて食べていたのである。なんてこったい。

「ユーリくん、これ、物凄く美味しいから、少し持ち帰って良いかな？」

「ウォリーさんの持ち帰り分は確保してあるんで大丈夫です」

「ありがとう！　大好きだ！」

目の前の竜人種二人の食べる速度に、言っておかなければパウンドケーキがなくなると思ったらしいウォルナデットの発言に、悠利はパンパンと学生鞄《かばん》を叩《たた》いて胸を張った。目の前に並べられた甘味をブルックが残すわけがないと思っていたので、ウォルナデットのお土産分は別に確保してあるのだ。

それなら気にせず食べて良いな！　とばかりにウォルナデットも争奪戦に加わった。いや、さっきから既に加わってはいたのだが、より本気で食べていると言うべきか。新作のパウンドケーキ、大人気である。

黙々とパウンドケーキを食べ続ける男三人を見て、ロザリアは呆《あき》れたように肩をすくめている。

こちらはそこまで甘味に興味はないらしく、一切れ食べて紅茶を飲んで満足している。落ち着いたものである。


そんなロザリアを見て、アリーは口を開いた。本来ならブルックが説明するべきなのだろうが、今の彼はまったく使い物にならない。ついでに、ランドールも会話にならないだろう。それゆえの判断だった。

「ロゼ殿」

「ロゼで結構だ」

「では、ロゼ。俺達は国の依頼を受けて、このダンジョンの本体に当たる無明の採掘場の調査に来ている」

「今いる場所は、違うダンジョンということか？」

「外側にあの男が己の趣味を反映して作った安全なダンジョン。それがここ、数多の歓待場だ」

「なるほど」

随分と温度が違うと思っていたがそういうことか、とロザリアは静かに呟《つぶや》いた。彼女の記憶にある無明の採掘場は、どこからどう見ても物騒ダンジョンである。そこに比べれば、ここは生温《なまぬる》いを通り越して、ただの遊技場だ。

「そこで提案なんだが、二人にも俺達の調査に同行してもらえないだろうか？」

「それは、あたし達が勝手に加わっても良いものか？」

「そもそも、あいつの記憶と照らし合わせて調査をするという話だった。だが、解るだろうが、あいつは、……あんまり覚えていない」

「……そのようだな」

多分来たことあるんじゃないかな、みたいな物凄くあやふやな記憶しか持っていないのがブルックである。彼にとっては依頼を終えた後のダンジョンのことなんて、忘れても良かったのだろう。全然頼りにならないのだ。

ふむ、とロザリアは考え込むように口元に手を当てる。少しして、伸ばした手でランドールの結わえられた白髪を引っ張った。

「……ロゼ、私の髪は呼び鈴じゃないですよ」

「とりあえず一度止まれ。こちらの話は聞こえていたか？」

「おおよそは」

突然髪を引っ張られても、ランドールは特に慌てなかった。気配を察していたのだろう。食器を取り落とすことも、パウンドケーキを零すこともなく、穏やかに答えてみせる。

「あたしは同行しても良いと思ってる。気になるしな。貴様は？」

「私も異論はありませんよ。むしろ、情報源として役に立たないブルックに任せる方が心配です」

「と、いうわけだ。喜んで同行させてもらおう」

「協力、感謝する」

口元に笑みを浮かべるロザリアに、アリーは深々と頭を下げた。それもこれも、ブルックが使い物にならないからなのだが、当の本人はそんなことなど露知らず、最後の一切れのパウンドケーキを確保してご満悦であった。ブレない。

とりあえず、ロザリアとランドールが同行することも決まった。明日の調査には心強い援軍が増えたということだ。物騒ダンジョンの中を進むという意味も含めて。

「あ、それじゃあ、ロゼさんとランディさんのお部屋もいりますよね。ウォリーさん、お部屋の準備って」

「一人部屋か、二人部屋か、同じ建物内か、別の内装の場所か、お好みの部屋をご用意します。いかがいたしましょうか、お客様！」

「「……」」

悠利に話を振られたウォルナデットは、グッと親指を立ててイイ笑顔で言い切った。もうどう考えても何かの営業さんみたいだが、当人は大真面目である。

「二人部屋で結構だ」

「近くの方が色々と便利でしょうから、同じ建物内でお願いします」

「承知しました！　それじゃちょっと、部屋の確認してくるな、ユーリくん！」

「はーい、いってらっしゃーい」

お客様が増えたぜ！　とばかりにテンション高めに去っていくウォルナデット。……多分、テンションが高かったのは、久しぶりに甘味を食べたことも影響しているだろう。別に酒に酔ったわけではないはずだ。ダンジョンマスターは体質的に酔わないので。

そんなこんなで、ロザリアとランドールの宿泊も決定した。明日の調査は賑《にぎ》やかになりそうだなぁ、とのんびりと思う悠利《ゆうり》なのでした。

◇◇◇

ひとまずは、雑談という名の情報交換は終了した。ロザリアとランドールが泊まる部屋の準備も出来て、各々自由時間。それを終えての今、夕飯の時間である。

ちなみに本日の夕飯は、悠利が嬉々《きき》として買い求めてきた屋台飯がメインだった。せっかくそこに美味しそうなご飯がいっぱいあるんだから、味わってみたいじゃないですか……！　という謎の主張がとりあえず通った。もしかしたら、アリーは色々諦《あきら》めたのかもしれない。

後はまぁ、ここの屋台で金を落とすと、今後も店を出してもらえるだろうという考えもある。経済はきちんと回すと良い感じに還元されるのだ。お店がどんどん増えたら、観光客も喜んでくれるだろうし。

「色んなお店があったねぇ、ルーちゃん」

「キュイー」

「ルーちゃんの好きそうな焼き野菜もあって良かったね」

「キュ」

ルークスは雑食のスライムだが、野菜炒《いた》めを特に好む節があった。スライムに味覚があるのかは謎だが、とりあえず好みの料理があるならば、それを用意してあげたいと思うのが悠利の気持ちである。

生憎、屋台飯に野菜炒めっぽいものはなかったが、食べやすくスライスした野菜をシンプルに焼いたものが売っていたので、それをルークス用に購入している。ぶっちゃけ、スライムに食事は必要ないし、何ならその辺の塵《ちり》や埃《ほこり》、石ころだろうと分解吸収してエネルギーには出来る。

しかし、そこはそれ、これはこれ、である。皆が食事をしているときに、同じように食事をさせてあげたいと思う悠利の気持ちがあった。……そこ、扱いがペットとか言わないでください。大事な仲間です。

大人組は明日の打ち合わせや相談もあるだろうと気を利かせた悠利は、ルークスと二人で買い出しに出かけていたのである。一応、屋台周辺でトラブルが起きないように兵士が巡回しているのもあって、保護者の許可は下りた。その買い出しの戦利品をテーブルの上に並べる姿は、実に楽しそうだった。

ちなみに、屋台では木製の食器を貸し出しているのだが、悠利は人数が多いことも考慮して、手持ちの大皿に入れてもらった。なので、テーブルの上にはどーん、どーん、どーん、と大皿が並んでいる。

彩り鮮やかな魚介たっぷりのパエリア。タレの焼けた匂いが香ばしいオーク肉とバイソン肉の串《くし》焼《や》き。ほんのり温かいのが美味しい、三種類のパニーニ。パニーニの中身は、ハムとチーズ、ハムと葉野菜、トマトと葉野菜となっている。おかずの邪魔をしない配分だ。

パエリアとパニーニでご飯とパンで主食系が被ってしまっているが、人数が多いので多分大丈夫だろうと悠利は思って買い求めた。自分が食べたかったというのもあるのだが、複数を取りそろえた方がどれかが誰かの好みにはまるだろうと思ったのだ。

そして、そこに追加で準備するものがあった。具沢山のスープである。魔法鞄《マジックバッグ》と化している学生鞄から悠利が取り出したのは、寸胴《ずんどう》と呼ぶべき大鍋《おおなべ》だった。そこに、もはや食べるスープと呼んでも間違いではない、ゴロゴロと具材の入ったスープがなみなみと入っていた。

「季節が季節だから、汁物は売ってないかなーと思ってたけど、やっぱりなかったね、ルーちゃん」

「キュ」

「持ってきて良かったねぇ」

「キュイ?」

「あ、これは見習い組の皆と一緒に仕込んだから、今頃アジトで皆も食べてると思うよ」

「キュキュ!」

それは良いことだね! みたいな感じでぽよんと跳ねるルークス。こちらだけが食べているという状況は、何だか抜け駆けみたいで落ち着かないという感じだろうか。まぁ、実際は、「せめて一品ぐらい献立考えてから行って……!」と泣きつかれたからなのだが。

丼のような深めの器に、悠利はスープをよそう。具材はキノコと根菜、厚切りのベーコンだ。根菜は食べやすいように一口サイズに切ってある。ゴロゴロ野菜と厚切りベーコン、賑やかしにキノコ、という感じだろうか。具材の旨味がぎゅぎゅっと詰まったスープである。
食べるスープ状態にしているのには、理由がある。屋台飯がどんなラインナップか解らなかったので、スープで野菜を取れるようにしようと思ったからだ。やはり家事担当としては、多少なりとも栄養バランスが気になるので。

きちんと栄養学を学んだわけではないので、色んな食材を満遍なく食べるのが良いだろう、というふわっとした認識をしている。肉も野菜もキノコも食べれば、きっと大丈夫じゃないかなという感じである。少なくとも、肉オンリーよりは身体に良いに違いない。

じっくりことこと煮込んだので、根菜にも味が染みこんでいることだろう。キノコもたっぷり入れたので、美味しい出汁が出ているはずだ。勿論《もちろん》、ベーコンの旨味は言うに及ばずである。そんな食べるスープを人数分の器によそい、取り皿を二枚ずつ準備する。

食器は全て出先で傷つくことがないようにと木製のものを選んでいる。ちなみに、《真紅の山猫《スカーレット・リンクス》》のアジトには、この手の食器が大量にある。職人見習い達の作品である。人数が多いし出先で使うこともあるので、安く購入しているのだ。

つまりは、クランの備品として遠征セットが用意されている感じである。まぁ、簡易コンロや重量を気にせずに持ち運びの出来る魔法鞄があったからといって、出先で本格的な料理をしようとする面々はいないが。悠利ぐらいなものだろう。

その悠利にしてみれば、今回はかなり自重している。スープも作ったのを持ってきただけだし、夕飯のメインは屋台飯だ。宿屋として使われる室内で火を使ったり肉や魚を焼いたりすると、匂いが付いてしまうのではとちょっと心配になった結果である。簡易キッチンのようなものがあるかが解らなかったのもある。前回は携帯コンロを持ち込んだが、今回は色々と考えて持ってくるのを止めたのだ。

なお、結論としては「え？　毎朝定期的に全部一新すれば問題ないよ？」というオーナー（違う）の一言で、杞憂《きゆう》だったと理解出来たのだが。ベッドメイクもアメニティの補充も、訪問者が増えたことで手に入ったエネルギーを使ってサクッと行うらしい。新品に取り替える方式だ。このときに壁紙や天井なども総クリーニングみたいになるらしく、匂いも消えるらしい。

唯一その恩恵に与《あずか》れないのが、購入することになった備品である。シャンプーとかボディーソープとか、洗顔用品とか。そういうものはダンジョンマスターパワーでどうにかすることが出来ないので、本格始動した暁には適当な魔物が掃除担当として、お客様のいない間に客室をうろうろするらしい。

「さて、準備完了ー。ルーちゃん、向こうの部屋にいる皆を呼んできてもらって良い？」

「キュピー」

悠利にお仕事を頼まれたルークスは、任せて！　と言いたげに嬉《うれ》しそうにぽよんと跳ねると、そのまま器用に扉を開けて部屋の外へと出て行った。大人組はロザリアとランドールが宿泊する部屋で相談中なのである。

なお、ダンジョンマスターであるウォルナデットはダンジョンの見回りというか確認のために席を外している。やろうと思えば、どこでもダンジョン内の確認は出来るらしいのだが、そこはそれ、一応守秘義務みたいな感じらしく、別の部屋でやってくるなーと去っていった。やっぱり軽い。

「ユーリ、待たせたか」

「大丈夫ですよー。後はウォリーさんが戻れば全員集合ですね」

アリーを先頭に室内に戻ってきた一同は、テーブルの上に準備万端と言わんばかりに用意された食事を見て感嘆の声を上げていた。本日の食費として大人組から財布を預かってはいたが上限金額が設定されていなかったので、人数と胃袋の大きさを考慮して、悠利がうっきうきで買い込んできた屋台飯がたんまりあったので。ちなみに代金は、アリーとロザリアとランドールで出しているようは、《真紅の山猫》組と個人×二だ。

「パエリアと三種のパニーニ、串焼きはオーク肉とバイソン肉です。後、野菜が足りないかなと思ったので、キノコと根菜とベーコンのスープになります」

「……見慣れた鍋がそこにあるってことは、そのスープは持ってきたのか」

「アジトの今日の晩ご飯も同じスープです」

「……そうか」

アリーは、色々とツッコミを入れるのを諦めたようだ。

持ち込みぐらいどうってことないと悠利は思っている。お弁当の延長だ。前回だってキーマカレーを持ち込んでいるのだから、具沢山の食べるスープがあったところで問題はない。

しかし、アリーがツッコミを入れたかったのは鍋の大きさである。えらくデカい鍋を、とぼそりと呟《つぶや》いた声は、皆に料理の説明をしている悠利の耳には届いていなかった。立派な寸胴鍋の中には、スープがまだまだ入っていた。

とはいえ、予定外に竜人種《バハムート》が二人加わっているのだ。余分に食料があるのは良いことだと思うことにしたのだろう。それ以上は何も言わずに、アリーも席に着いた。

「皆さん揃《そろ》いましたけど、ウォリーさんがまだなんですよね、どうしましょうか……」

「キュ？」

「え、ルーちゃん、どうしたの？」

「キュキュー！」

ちょっと待っててね、とでも言いたげに悠利の足にすり寄って挨拶《あいさつ》をすると、ルークスは部屋を飛び出していった。驚いて追いかける悠利の視界に、廊下をちょろちょろしている小型の魔物に話しかけているルークスの姿があった。

しばらく何か話してから、ルークスは満足そうに戻ってきた。仕事をやりきったぞ、みたいな雰囲気である。

「ルーちゃん、どうし」

「夕飯の準備が出来たと聞いて！」

「うわぁ⁉　ウォリーさん、いきなり湧いて出ないでください！」

「あははは、すまない。準備が出来たと連絡をもらったものだから、つい」

「連絡……？」

ひょっこりと悠利の眼前に現れたウォルナデットは、テンション高めで笑っていた。ダンジョンマスターはエネルギーさえあればダンジョン内を自由に移動出来る、と先日知ったばかりではあるが前触れもなく現れると驚いてしまうのだ。

ちなみに、ウォルナデットのテンションが無駄に高いのは、晩ご飯へのわくわくが抑えられていないからである。時々詰め所の責任者さんにお裾分《すそわ》けをもらえるとはいえ、自分で好きに買い食いが出来るわけではない状況。彼は相変わらず人間の食べ物に飢えていた。

「ん？　ほら、うちの魔物にルークスくんが呼びかけてくれて、その魔物から俺に連絡が」

「……な、なるほど……」

そういえば以前もそんな感じで話が通っていたな、と思い出した悠利である。ちなみに、収穫の箱庭のダンジョンマスターであるマギサも同じようなことをしていたので、多分これはダンジョンマスターの標準装備なのだろう。色々と便利な伝令になっている。

「それでは、ウォリーさんも戻ったので食事にしましょうか。スープのお代わりはありますし、料理が足りなければ追加で買いに行きますね」

「足りない場合は食いたいやつが買いに行けば良いだけだ」

「はーい」

つまりは、お前が全部やらなくて良いという意味だった。ぶっきらぼうな言い方だけど優しいアリーに、悠利は元気にお返事して自分も着席した。

いただきます、と手を合わせて食前の挨拶をする悠利に倣うように、アリーとブルックも手を合わせる。他三人は顔の前で手を組んで目を伏せていた。お祈りでもしているのかもしれない。

とりあえず、食事開始である。先ほどから良い匂いが空腹を刺激していたので、悠利《ゆうり》はうきうきと料理に手を伸ばした。大皿にどーんと盛られたパエリアを、小皿に取り分ける。プリプリのエビが目に入ったので、お皿に入れておく。

パエリアは、大雑把に言ってしまえば洋風の魚介炊き込みご飯である。両側に取っ手のある平底の浅くて丸いフライパンに敷き詰めるようにして作るのだが、魚介の旨味がギュギュッと詰まってとても美味しい料理だ。

スプーンに掬《すく》って、まずは米の部分だけを頂く悠利。黄色く着色された米だが、別にその黄色に味があるわけではない。噛《か》んだ瞬間に感じるのは、海のエキスと呼ぶべき魚介の旨味である。特に貝から出る旨味が濃く感じた。

続いて、エビも一緒に口へと運ぶ。プリプリのエビは大振りで、一口で食べるにはちょっと大きすぎたので、がぶりと囓《かじ》って半分ほど食べる。噛んだ瞬間に確かな弾力と旨味を感じて、思わず悠利の表情が綻《ほころ》ぶ。美味しい、と言葉にせずに伝わる感じだ。

パエリアを屋台で見かけて、是非とも食べようと思っていた悠利は、もうこれで半分ぐらい満足していた。貝柱も美味しいし、殻ごと盛り付けられている二枚貝も美味しい。魚介も大好きな悠利にとっては、とっても豪華で美味しいご飯だった。

そんな悠利の隣では、ウォルナデットがごくごくとスープを飲んでいた。器を両手で持って、水でも飲むようにぐびぐび飲んでいる。食べやすい大きさに切ってあるとはいえ、具沢山のスープである。喉《のど》詰まらないかな、とちょっと心配になる悠利だった。

ごくり、と喉を鳴らしてウォルナデットはスープを堪能していた。煮込む前に具材をオリーブオイルで炒《いた》めてあるのだが、そのおかげでスープ全体に香ばしさがある。調味料はシンプルにコンソメと塩と少量の醤油《しょうゆ》なのだが、具材の旨味で深みがとても出ていた。大鍋で作ったからこその旨味もあった。

大きな鍋で大量に作ると、それだけ大量の具材を入れることになる。様々な具材の旨味がしっかりと溶け込んだスープは、それだけで確かな満足があった。ましてや、具材たっぷりで食べ応え抜群なのである。ウォルナデットの表情は幸せそうだった。

「……あのー、ウォルリーさん？」

「ん？　どうかしたか？」

「いえ、お肉とかパエリアとか良いんですか？」

「屋台飯は頼めば食べられる機会があるから、こっち優先で！」

「……は、はぁ。お代わりはご自由にどうぞ」

「ありがとう！」

人間のご飯に飢えているダンジョンマスターさんは、頼めば食べられる機会がある屋台飯よりも、悠利にもらわないと食べられない家庭料理を選んだらしい。特に料理名もない具沢山スープにそこまで食いつかれて、ちょっと困惑している悠利である。

二人のやりとりをそっちのけで、他の面々は大皿料理を順調に消費していた。そもそもが、健啖《けんたん》家《か》の竜人種が三人もいるのである。串焼《くしや》きもパニーニもパエリアも、しっかりと消費されていた。

「このパニーニ、トマトと葉野菜の組み合わせがなかなか良いな。いつもは肉系を頼むが、今度は野菜を頼んでみるのも良さそうだ」

「ハムとチーズのも美味いぞ」

「それが美味いのは解る」

ロザリアとブルックは、そんな会話を交わしながらパニーニを食べていた。パニーニのもっちりとした食感と中に入った具材とのハーモニーは、それぞれどれも美味しいのである。仕上げに専用の道具で焼き上げるパニーニなので、ほんのり温かいのも良い。

ハムとチーズのものは両者の塩気がパンに染みこんで何とも言えずに食欲をそそるし、何よりとろりと溶けたチーズが絶品だ。冷めてしまえば美味しさが半減するに違いないと思えるほどである。溶ける系チーズは温かい方が美味しいので。

ハムと葉野菜のものは、ハムの塩気と温かくなってしんなりした葉野菜が美味しさのコラボレーションをしている。味付けなどいらない、と言わんばかりのハムの存在感を葉野菜が優しく受け止めているのだ。もっちり食感の生地と共に、優しく口を楽しませてくれる。

そして、トマトと葉野菜のもの。温かいトマトは好みが分かれるかもしれないが、この場にいる面々は誰もそれを不快に思わなかった。パニーニはぎゅっと挟んで焼くので多少トマトが潰《つぶ》れてしまっているが、それでも美味しさは変わらない。味付けは何かドレッシングのようなものでされており、酸味が際立つ。

この酸味が、口の中をリセットするのに一役買っていた。串焼きもパエリアもしっかりとした味付けだし、ハム入りのパニーニはハムの存在感がある。トマトと葉野菜に加わる酸味が一度口の中を落ち着かせてくれるおかげで、次の料理が更に美味しく感じるのだ。

そう、寿司屋のガリのような感じである。別にそんな意図で悠利は買い求めたわけではなかったのだが、結果として良い感じの仕事をしてくれていた。

オーク肉とバイソン肉の串焼きは、それぞれタレにしっかりと漬け込んでから焼かれている。鉄板で焼くのではなく、網で炙《あぶ》るようにして焼かれたことにより、余分な脂は落ちている。だからこその、濃縮された旨味がある。

タレはどちらも同じ味付けで、醤油のようなソースのような、焼き肉のタレのような、ちょっと濃いめのしっかりとした味付けだ。これは白米が進むやつ、と悠利は勝手に思っている。別にパエリアと食べてもパニーニと食べても美味しいけれど。気分の問題だ。

オーク肉は豚肉っぽいので、しっかりとした噛み応えと共に肉のパンチを与えながらも優しい味わいだった。部位は赤身の部分らしく、余分な脂は殆《ほとん》どない。そのおかげで悠利にも食べやすかった。

バイソン肉の方は、ほどよく脂ののった牛肉という感じだ。なかなかに良い部位を使っているのか、簡単に歯が入って噛みやすい。噛んだ瞬間にじゅわりと広がる肉汁と、タレの味が混ざり合って見事なコンビネーションである。

味のしっかりした串焼き肉を食べていたランドールが、不意に己の荷物入れに手を伸ばした。恐らくは、魔法鞄《マジックバッグ》なのだろう。小型の鞄《かばん》に手を突っ込んだ彼が取り出したのは、随分と大きな瓶だった。

……見るからに、酒瓶である。

「ランディ、何やってんだ？」

「この串焼き肉、なかなかに美味しいのでお酒が欲しいな、と」

「……お前、相変わらず荷物に酒を詰め込んでるのか」

「一日の終わりに美味しいお酒を飲むのは何よりの幸福ですよ」

「『言ってろ』」

柔らかな面差しに上品な微笑みを浮かべ、穏やかな口調で告げたランドールを、幼馴染《おさななじ》みズはスパッと切り捨てた。この同胞の酒への執着の強さを彼らはよく知っている。ブルックが甘味に拘《こだわ》るのと同じレベルなので、何を言ってもどうにもならないことを……。

別に他の面々も、ランドールが手持ちの酒で晩酌をしようと気にはしない。それは別に良い。ただ、アリーが瓶の銘柄を見て顔を引きつらせているだけだ。

「……アリーさん、顔が引きつってますけど、どうかしました？」

「……火酒だ」

「火酒？」

「山の民が好んで飲む酒で、度数が強いことで有名だ。その名の由来は、マジで火が付くところにある」

「……ひぇっ」

火が付くお酒と言われて、悠利は脳裏にウォッカを思い浮かべた。映画とかドラマで観たことがある。とりあえず、何かめっちゃ強いお酒、という認識だった。そして、強いお酒だからこそ、飲み方を気にしなければいけないということも。

そんな風に衝撃を受けている悠利の目の前で、ランドールはグラスになみなみと火酒を注いだ。先ほどまで水が入っていたグラスに、色は殆ど変わらないがぶわりと酒精を漂わせる液体が入っている。

そして彼は、その物凄《ものすご》く度数が高い火酒を、一気に呷《あお》った。

「えぇ⁉」

「マジか……」

まるで水でも飲むように、ぐびぐびと火酒を飲むランドール。グラス半分ぐらいの火酒を飲み干すと、美味しそうに串焼きを食べる。串焼きを咀嚼《そしゃく》したら、またグラスの中身を飲む。そして空になったらお代わりを注ぐ。

まるで何かのルーティーンであるかのように、その光景は繰り返された。食べ方は上品なのに、同じテーブルに着いているだけで酒精を感じるような強いお酒を、水のように飲むランドール。肝臓どうなってるんだろう、と悠利は思った。

「アリーさん」

「何だ」

「火酒って、あーゆー飲み方するもんですか？」

「しねぇわ。いや、山の民はストレートで飲むから、あんな感じかもしれんが……。大体は、果汁や水で割って飲む」

「ランディさん、本当に酒豪なんですね……」

言われてみれば、ブルックも酒には強かった。彼は果実酒を好むのであまり酒豪というイメージはないが、片っ端から果実酒の瓶を空けたとしても普通の顔をしている。単に味の好みが果実酒なだけで、酒そのものにはめっぽう強いのだ。

竜人種《バハムーン》ってお酒にも強いのかぁ、と思った悠利の耳にロザリアの呆《あき》れたような声が飛び込んできた。

「相変わらず、アホみたいな飲み方をするな、貴様……。山の民でもやらんぞ」

「火酒は飲み口がスッキリで、純粋な酒の風味を楽しめて良いんですよ？」

「そういう話はしていない。そもそもその酒は、そんな風に飲むもんじゃないだろう。水じゃあるまいし」

「それは同感だ。後、ほどほどにしておけよ。室内にあまり酒精が漂っては、未成年のユーリに害悪だ」

「あぁ、それは確かに。申し訳ない、気をつけます」

「え、あ、いえ、大丈夫、です」

幼馴染み二人に言われて思い至ったのか、ランドールは開けっぱなしだった酒瓶に蓋《ふた》をした。飲むのは止めないが、少しでも酒精が漏れるのを避けようという心遣いらしい。悠利はとりあえずぺこりと頭を下げた。

このお肉が美味しいもので、とグラス片手に微笑むランドール。穏やかそうなお兄さんが持っている透明な液体の入ったグラス。それが火が付くような度数の高いお酒だなんて、普通は思わないよねぇ、と考える悠利だった。

その後、雑談を挟みつつ食事は恙《つつが》なく進み、途中で食べ足りないからと竜人種達がウォルナデットを連れて買い出しに出るのでした。彼らの胃袋はやはり大きかったようです。

閑話一　朝食に炊き込みご飯のおにぎりをどうぞ

小声で鼻歌を歌いながら、悠利《ゆうり》はごそごそと作業をしていた。既に同室のアリーとブルックは起きて身支度をしている。悠利も顔を洗って身支度は整えた。その彼が今しているのは、朝食の準備である。

数多の歓待場部分を宿屋代わりにするとはいえ、食事の提供はしないというのがウォルナデットの方針。ダンジョンの周囲に出来るお店と共存共栄していくための手段である。とはいえ、まだ屋台レベルのお店しかないので、早朝から営業しているお店は少ない。そのため、朝食は悠利の持ち込んだ料理となっていた。

本日の朝食は、炊き込みご飯のおにぎりと味噌汁《みそしる》で和風スタイルだ。全てアジトで事前に仕込んできたので、盛り付け以外にやることはない。前回ダンジョンに来たときは、洋風のモーニングを作ったので、今回は和食にしようと思った悠利だった。深い意味はない。

炊き込みご飯は、バイパー肉とシメジと人参を使ったもので、イメージ的には鶏五目ご飯に近いだろうか。味噌汁は、豆腐とワカメでシンプルに仕上げた。朝っぱらからガツガツ食べるのは悠利の性には合わなかったので、あっさりとした食事である。

ロザリアとランドール、ウォルナデットには、朝食の準備もこちらでする旨を伝えてある。竜人種二人は恐縮していたが、悠利にしてみれば手持ちの食料を並べるだけなので、別に何ということもない。いつもはもっと大人数を相手にやっているのだ。

なお、ウォルナデットは全力で喜んでいた。悠利がいる間は悠利のご飯が食べられるということで、とてもご機嫌であった。ご機嫌ついでに、枕をふかふかの上等な感じのものに変えてくれた。とても現金なダンジョンマスターさんだった。

炊き込みご飯のおにぎりは、大皿に山盛りに。それぞれの席の前には、小皿と味噌汁を入れた器。それと飲み物としてぬるめのお茶だ。朝はやはり、冷たいものよりもぬるめぐらいが良いだろうという悠利の独断である。自分がその方が落ち着くので。

準備が出来た、とご満悦の悠利の足下ではルークスが大人しく待機をしていた。ルークスの役目は、皆が食事を終えた後の食器の片付けである。

一応、簡易の流し台はあるので洗い物は出来る。しかし、汚れを落とすのはそれなりに大変だ。アジトと違って道具も揃《そろ》っていないので、ルークスが先に汚れを落としてから洗うようにする。昨夜もそうしたし。

なので、今のルークスは特に何もせずに大人しくそこにいた。悠利達の食事が終わるまでは、暇なのである。

「ルーちゃんは、昨日食べてた焼き野菜ね」

「キュ？」

「買ってすぐに鞄に入れておいたから、温かいよ」

「キュー！」

ぱぁっと目を輝かせるルークス。昨日買った焼き野菜は、昨日全部食べてしまったと思っていたのだ。まさか、朝ご飯の分まで用意してくれているなんて思わなかったのだろう。ルークスは嬉《うれ》しそうにキュイキュイ鳴きながら、悠利の足に身体をすり寄せていた。可愛い。

「それじゃ、ルーちゃんはここで食べててね」

「キュピ！」

大皿に盛り付けられた焼き野菜を見て、ルークスは解ったと言いたげにぽよんぽよんと跳ねた。こちらが言っていることをきちんと理解出来る、とても賢いスライムである。愛らしいだけではないのだ。

悠利達にとっては見慣れた光景だが、そうではない者達にとってはルークスの知能の高さは異質である。それは長く生きている竜人種の二人にとってもそうだったらしい。

「一応、賢いとは聞いていたが、それでもやはり、ずば抜けて賢い個体だな」

「単によく躾《しつ》けられたというのとは違いますよね。自我が見えますし」

「ルーちゃんは、魔物使いのアロールに躾けなくて大丈夫、と言われたぐらい賢いんですよ」

えっへん、とまるで自分のことのように威張る悠利。威張ってはいるのだが、子供が自信満々に胸を反らしている姿は、何とも愛らしい。少なくとも周囲にはそう受け止められた。優しい笑顔が向けられるだけである。

「っと、おはようございます、ロゼさん、ランディさん。朝食の準備は出来てます」

「あぁ、おはよう」

「おはようございます。わざわざすみません」

「いえいえ、大丈夫です。慣れてますから」

残るはウォルナデットだけである。さて、ルークスに頼んで呼び出してもらうかと思った悠利は、扉の外からひょこっと室内を覗《のぞ》く影に気づいた。

「……ウォリーさん？　何してるんですか？」

「突然出て来ると驚く、って言われたから扉の外に出現してみた」

「あははは……。朝ご飯、出来てますよ」

「ありがとう！」

人間のご飯だ……！　みたいなノリで勢いよく室内に入ってくるウォルナデット。やっぱりご飯が絡むとテンションが色々とおかしいダンジョンマスターさんである。まぁ多分、現金を入手することが出来るようになれば変わるだろう。自分で屋台飯を購入出来るので。

ウォルナデットの、このノリにはもう全員が慣れたので誰一人気にせずに普通に着席していた。悠利も笑って席に着き、皆に食事の説明を始める。

「今日の朝食は、炊き込みご飯のおにぎりと豆腐とワカメの味噌汁です。炊き込みご飯はバイパー肉とシメジと人参です。お口に合うと良いんですが」

「どちらも見たことがない料理だな」

「この炊き込みご飯というのは、ピラフと似ていますね」

「僕の故郷の味付けです」

悠利はピラフのことを洋風炊き込みご飯だと思っているので、こういう返事になった。果たして、竜人種の二人に和食スタイルの朝食は受け入れてもらえるのだろうか。ちょっとドキドキしている悠利だった。

しかし、その心配は杞憂《きゆう》に終わった。

「この炊き込みご飯というのも美味しいが、スープがとても良いな。何というかこう、落ち着く味だ」

「お口に合って良かったです。味噌汁は味噌という調味料を使って作るんです」

「ミソは知らないが、これはとても美味しい」

「ありがとうございます」

満面の笑みを浮かべるロザリアに、悠利も笑顔で答えた。そして思った。やっぱり味噌の知名度はあんまり高くないんだな、と。そもそもブルックも知らない感じだったので、長く生きていようが地域差で知らないことも出てくるようだ。

とりあえず気に入ってもらえたなら良いやと、悠利はおにぎりに手を伸ばす。バイパー肉とシメジと人参を、出汁と醤油《しょうゆ》で炊いた炊き込みご飯。バイパー肉は鶏むね肉のような味わいなので、鶏肉の炊き込みご飯っぽい仕上がりだ。

ふんわりを心がけて、それでも具材がバラバラにならないように気をつけて握ったおにぎりは、柔らかくて口の中でほろほろと解ける。具材は食べやすい大きさに切ってあるので、口の中でご飯と一緒に堪能することが出来る。

味付けは出汁と醤油と酒なのだが、そのシンプルな味付けに具材の旨味が溶け出してぐっと美味しくなっている。バイパー肉はパサつきも殆《ほとん》どなく、火が通っても旨味を失わない。シメジは噛《か》めば噛むほど旨味が溢《あふ》れる。人参の仄《ほの》かな甘さも良いアクセントだ。

まぁつまりは、とても美味しく出来ているということだ。

炊き込みご飯は具材入りなので、これだけでも食事としてはある程度及第点だろう、と悠利は思っている。朝から重たい食事をするのは胃にしんどいので、これぐらいが悠利には丁度良い。

口の中のおにぎりがなくなれば、次は味噌汁へと手を伸ばす。こちらも昨夜のスープ同様、作ってすぐに学生鞄《かばん》に入れたので、まだ温かい。味噌の香ばしい香りが鼻腔《びこう》をくすぐり、豆腐の白とワカメの緑が彩りを添えている。

ずずっと行儀悪くならない程度に吸い込めば、優しい旨味が口の中にじわりと広がる。悠利は日本人なので、朝は温かいお味噌汁がとても落ち着くのである。豆腐とワカメも自己主張しすぎない程度に味を引き立ててくれるので、とても良い。

ロザリアは大絶賛してくれていたし、ランドールとウォルナデットも美味しそうに食べてくれている。良かった良かったと悠利は思った。味付けというのは結構大事なもので、慣れない味に躊躇《ちゅうちょ》するパターンはあるあるなのだ。

悠利はその辺の壁が比較的、緩い人種だった。多分、多国籍な料理や日本人に合うように魔改造された料理の多い日本で育ったからに違いない。とりあえず食べてみてから考える、それが悠利であった。

それに、悠利の判断基準は匂いだ。匂いで美味しそうだなと思う食べ物は、だいたい何でも食べてみる。それでハズレを引いたことはほぼないので、他の人に比べれば未知の料理でも躊躇がないのかもしれない。

まぁ、だからこそ異世界で、魔物肉を食べたり調理したりして元気に生きているのかもしれない。後は、何だかんだで仲間達の味覚が悠利と近しいというのが大きいだろう。悠利が作るご飯を美味しい美味しいと食べてくれるので。

「ユーリくん、このおにぎり、超美味しい……」

「ウォリーさん、超とか言うんですね……」

「ライスってこんなに美味しいものだったっけ？　何か、全然止まらないんだけど」

「ライスは味付け次第で色々化ける食材だと僕は思ってますけど」

片手におにぎり、もう片手にもおにぎりという状態でもりもり食べながらウォルナデットが感動を伝えてくる。どこからどう見てもダンジョンマスターの威厳なんてものはなかったが、美味しく食べてくれているならそれでいいやと思う悠利だった。

ライスって美味しかったのかぁ、と感慨深く呟《つぶや》いているウォルナデット。その姿を横目に、悠利とアリーとブルックはそっと視線を逸らした。ライスが美味しいことを知らなかったというよりは、何が美味しいか、何が好みであったかすら忘れているウォルナデットを知っているからだ。

長きに渡る休眠は、元人間のダンジョンマスターから食の記憶を残酷にも奪ってしまっていた。

まぁ、ダンジョンマスターに食事は必要ないのだが。元人間だけあって、さしてエネルギーにならないと解っていてもご飯に反応しているだけである。

「味噌は肉の味付けに使うと思っていましたが、スープにも使うんですね」

「ランディさんは、味噌をご存じで？」

「ええ。肉を納品したお店で食べることもありますよ。肉に味噌を塗り込むようにして味を馴染《なじ》ませていました」

「それは、とても美味しいやつですね」

悠利はキリッとした顔になった。そこそこの厚みに切った肉に味噌をまぶしたり漬け込んだりして味を付ける料理は、とても美味しい。焼けた味噌の香ばしさと、肉の旨味が混ざって何とも言えない味わいだ。ちなみに、豚肉でも牛肉でも美味しいやつです。

ランドールはそんな風に会話をしてくれるが、ふと悠利は気になってロザリアの方を見た。先ほど美味しいと言ってくれて以降、彼女が何も言わないことが気になったのだ。

そんな悠利の視線の先で、ロザリアは黙々とおにぎりを食べ、味噌汁を飲み、自分でお代わりまでしていた。動きがあまりにもスムーズで、彼女が立ち上がったことに気付かなかったぐらいだ。

……多分お代わりを何回かしている。

その姿を見て、悠利は思った。思って、思わず口に出してしまった。

「……甘味食べてるときのブルックさんみたいだ……」

「ぶふっ……！」

小さな声だったが、悠利《ゆうり》の隣に座っていたアリーには嫌でも聞こえたのだろう。思わずむせたアリーは、ごふごふと咳《せ》き込みながらも何とか立ち直った。たとえに出されたブルックはと言えば、特に気にした風もない。ランドールも同じく。

……なお、ウォルナデットはそんなやりとりなど聞こえていないのか、満面の笑みでおにぎりを食べていた。ダメだ、このダンジョンマスター。完全に餌付《えづ》けされてる。

「……ユーリ」

「あ、すみません。大丈夫ですか？」

「いや……。まぁ、否定は出来ねぇが……」

「ユーリの料理がよほど美味かったんだろうな」

「へ？」

怒るわけにもいかず困っているアリーに対して、悠利はとりあえず頭を下げておいた。でも目の前の光景は正にその通りなので、どうしようもない。そんな二人の耳に、ブルックの言葉が滑り込んだ。

どういうことですか？　と視線を向けた悠利に、ブルックは口元に笑みを浮かべて答えた。

「ロゼはな、グルメなんだ。美味い料理にだけ反応する」

「……えーっと？」

「昨夜からそんな感じではあったが、ユーリの料理が口に合ったんだろう」

それでこれ？　と悠利は思った。ただの炊き込みご飯と味噌汁《みそしる》である。手の込んだ料理でも何でもない。食材だって、庶民御用達の食材ばっかりだ。グルメと言われるお姉さんに食いついてもらえるとは到底思えなかった。

そんな悠利の疑問に気付いたのだろう。ランドールが穏やかな微笑みを浮かべながら説明をしてくれた。

「ロゼの場合は、自分の舌に合うか合わないかだけで判断しますからね。食材の希少価値や、料理にどれだけ手が込んでいるかは関係ないんですよ。単純に、貴方の料理がロゼの好みだったというだけです」

「それだけで、アレですか？」

「ええ、アレです」

にこりと笑うランドール。悠利は思った。今度は口には出さなかったが、とりあえず思ってしまった。

（この人達、何だかんだで全員似た者同士なのでは……？）

食いつくジャンルが違うだけで、好物とか好みだと認定した瞬間の反応が似たり寄ったりである。ブルックは甘味、ランドールは酒、そしてロザリアはジャンルは問わないが彼女の舌に合ったもの。琴線に触れたものを前にした瞬間、似たようなテンションになるらしい。

そこまで考えて、まぁ良いかと悠利は思った。ここまで喜んで食べてくれるなら、それはそれで料理人冥利《みょうり》に尽きるというものである。悠利は料理人じゃないけれど。

「ロゼ、そんなに気に入ったか？」

「気に入った。専属として連れて帰りたい程度に」

「却下だ。うちの子だぞ」

「チッ……」

あーんと口を開けておにぎりを食べようとしていた悠利は、二人の会話を聞いて思わず固まった。割と本気の舌打ちが聞こえた気がした。武闘派のお姉様にそんな反応をされると、ちょっと怖くなる。

後ついでに、相手が幼馴染《おさななじ》みだから容赦がないのか、ブルックも圧をかけている。何でこんなことに……？　と思いながら悠利は隣のアリーを見た。アリーは首を左右に振っていた。知らんと言うように。

おかしい。美味しいご飯を用意して、皆に喜んで貰《もら》おうと思っただけなのだ。なのに何故か、局地的にちょっとバチバチが始まっている。怖いので止めてもらいたい悠利である。

勿論《もちろん》、バチバチしているとはいえ、周囲に影響が出るほどの威圧などは出していない。その辺は二人とも大人である。でも軽快な言葉の応酬は止まっていないので、悠利としては何だかなぁなのであった。

料理を気に入った相手にお持ち帰りを希望されるのは、ワーキャットの若様以来かもしれない。僕に作れるのは、ただのお家ご飯ですし僕の居場所は《真紅の山猫《スカーレット・リンクス》》なので、と心の中でそっとお断りをしておく悠利だった。

そんな多少の波乱はありつつも朝食は恙《つつが》なく終わり、いよいよ王家からの依頼であるアリーとブルックのお仕事、物騒ダンジョンの調査へと突入するのでありました。

第二章　物騒ダンジョンのダンジョンコアとオハナシです

「それでは、奥へ案内します。……あ、今回は壁、壊さないで大丈夫なんで」

ダンジョンマスターであるウォルナデットの案内で、悠利達一行は二つのダンジョンの境目へとやって来ていた。ウォルナデットが己の趣味を全力で詰め込んで作った数多の歓待場は、お客様ウェルカム状態の色々とアレなダンジョンだが、この先はそうもいかない。油断をすると大怪我もしくは死んじゃうレベルのダンジョンなのである。

ちなみに、ウォルナデットが「今回は壁、壊さないで大丈夫なんで」と言ったのは、前回の探索時に、悠利達が豪快にぶっ壊して突入して来たからである。ダンジョンマスター権限で完全に塞《ふさ》いでいた場所を、鑑定持ちパワーで隠し通路だ！　となって壊して進んで来たのが悠利達なのである。普通に侵入者だ。

まぁ、その行動があったからウォルナデットと知り合えたし、ダンジョン再建計画も順調に進んでいるのだが。とりあえず、ダンジョンマスターとしてはあまりダンジョンを壊さないでほしいというところなのだろう。修復するのにはエネルギーがいるので。

以前、悠利とアリーが気付き、ブルックが壊した壁部分。その前に立ったウォルナデットはぺたりと掌を押し当てた。次の瞬間、シュウッと壁が消え、人一人がゆったり通れるほどの穴が開いた。

長身の竜人種《バハムーン》組に配慮してか、高さは随分と余裕がある。

「この先が無明の採掘場になりまーす。では、皆様ご案内〜」

もはやどこのツアーガイドだ、と言いたくなるようなテンションでノリノリなウォルナデット。お友達を家に案内するノリなのかもしれない。正体を晒《さら》して付き合える相手が少ないので、嬉《うれ》しいのだろう。

何も気にせず壁に開けた穴から無明の採掘場の通路へと足を踏み入れるウォルナデット。それに続こうとしたロザリアを、ブルックは片手で止めた。そして、悠利とアリーを見る。

「……ユーリ」

「はーい」

確認を頼む、と促されて、悠利はひょいっと壁の穴から通路側を覗《のぞ》き込んだ。不思議そうに首を傾げて立っているウォルナデットを無視して、その周囲に向けて【神の瞳《ひとみ》】を発動させる。大事な調査である。

そして、穴の向こう側、無明の採掘場の状態を確認した悠利は、後ろを振り返って首を左右に振った。物凄《ものすご》く全力の首振りだった。首を痛めそうなレベルで一生懸命振っている。それぐらいの事態だった。

「ダメです。真っ赤です。僕死んじゃう」

「罠《トラップ》は復活してたか……」

「してましたぁ……」

やだー、ここ怖いー、と悠利はぷるぷる震えた。【神の瞳】さんを欺けるものなど存在しない。悠利が知ろうと思えば、目の前の光景から欲しい情報は全て手に入る。その最強チートな【神の瞳】さんによる危険判定である赤が、そりゃもう、所狭しと広がっていたのだ。

むしろ、赤じゃない場所を探す方が難しかった。普通の顔でウォルナデットは立っているが、その彼の足下にも罠《トラップ》がある。ダンジョンマスターは身内判定だから無反応だが、同じ場所に悠利達が立ったら罠《トラップ》が発動して、とても大変なことになる。

「え、ユーリくん、どうかした？」

「ウォリーさーん、それー、その沢山の罠《トラップ》ー、どうにかならないんですかー？」

「……あ」

「あ、じゃないですぅー……。少なくとも、僕は確実に死んじゃいます」

「キュイ⁉」

それまで普通に穴の向こう側を覗き込んでいたルークスが、切実な悠利の訴えを聞いて驚いたように声を上げた。慌てた様子で、ウォルナデットと悠利を交互に見ている。大好きな大好きなご主人に危険があるってどういうことだ、と言いたげに。

「ユーリくん、その穴の向こう側には罠《トラップ》があるんですか？」

「あるんですよ、ランディさん。それも、足の踏み場もないレベルでいっぱいなんです。ついでに殺傷能力高すぎる罠《トラップ》が……」

「それはまた……。……何も変わってませんね」

「え」

さらりと告げられた言葉に、悠利は思わず変な声を上げた。ちょっと待って、と言いたかったが、声が出なかった。このとても物騒で、やって来た相手を迎撃することしか考えていない、中に進ませる気なんて皆無状態の罠《トラップ》の配置が、変わっていないとはどういうことだろう。

そんなランドールの言葉に、ロザリアも同意した。何も驚いていなかった。

「流石に入り口付近は中に入れるようになっていたが、フロア一つ越えた辺りからは、罠《トラップ》しか存在しないようなダンジョンだったからな」

「罠《トラップ》と宝箱のバランスがおかしかったですよねぇ」

「その代わり、その数少ない宝箱から出る鉱石が希少品だったからな」

ハイリスクハイリターンにもほどがある、と悠利は思った。もう本当に、とりあえず希少価値の高い鉱石という餌で探索者をおびき寄せ、中に入って来たならば遠慮なく抹殺してエネルギーにしてしまえ、というダンジョンコアの本音が透けて見える。筋金入りの物騒ダンジョンだった。

そりゃあ死傷者続出で危険判定されて、潰《つぶ》す方向に話が進むはずだな、と悠利とアリーは思った。そして、投入されたのがこの竜人種×三の過剰戦力とも言えるメンツである。というか、彼らぐらいでないと、余裕を持ってダンジョンコアに辿《たど》り着《つ》けないと思われたのかもしれない。

「昔もこんな感じだったか？」

「何で貴様は覚えてないんだ」

「君、本当に終わったことは綺麗《きれい》さっぱり忘れすぎじゃありませんか？」

間抜けなことを言い出す幼馴染みに、ロザリアとランドールは両サイドからツッコミを入れている。しかし、ブルックは何一つ気にしていない。元々覚えていなかったので、そんなもんか状態なのだろう。

……二人に会えて良かったと、アリーが密かに考えているのも無理はなかった。

「えーっと、前回はどうやって通って来たんだい？」

「僕が鑑定で罠《トラップ》を見つけて、レオーネさんが投擲《とうてき》で罠《トラップ》を発動させて、ブルックさんが全部壊してました」

「なるほど。物凄く力業」

「その方が僕らが安全だろうってことで」

「確かに、一度壊されると修復するまで発動しないからなぁ」

なるほどなるほど、と言いたげなウォルナデット。自分が罠《トラップ》の影響を全く受けないので、こんな風に能天気でいられるのだろう。一歩足を踏み入れたら命の危険が待っている悠利《ゆうり》としては、どうにかしてほしいのだけれど。

そこで、ふと悠利は思った。目の前にいるのはダンジョンマスターだ。このダンジョンを司る存在である。その超パワーでどうにか出来ないのだろうか、と。

「ウォリーさん」

「んー？」

「僕達が通る間だけ、罠《トラップ》を停止させるとか出来ないんですか？」

以前、ダンジョンコアの意向&エネルギーが回復しきっていないということで罠《トラップ》の配置はいじれないと言っていたが、停止させるだけならば出来るのではないかと思ったのだ。だって、罠《トラップ》を壊すわけではない。ただ、ほんのちょっとの時間、止めるだけだ。

しかし、そんな悠利の希望は容易《たやす》く砕かれた。それはもう容易く。クリームブリュレの上のキャラメリゼされた砂糖のように。

「ごめん、無理」

「何でですか⁉」

「こっち側の罠《トラップ》に関して、俺に権限ないいんだよねー」

「ダンジョンマスターなのに⁉」

「ダンジョンマスターなのに、です」

「嘘ぉ……」

ダンジョンマスターとは、そのダンジョンを統括する存在である。罠《トラップ》の配置どころか、内部構造をいじるのなんて朝飯前のはずだ。実際、収穫の箱庭のダンジョンマスターであるマギサは、息をするように通路を作ったり、悠利達を招くプライベート空間を作ったりする。普通に。

同じダンジョンマスターなのに、何でそこまで違うのか。悠利が物凄くがっかりした顔でウォルナデットを見る。ウォルナデットは困ったように笑って、種明かしをしてくれた。

「こっち側の罠《トラップ》の配置とかは、先代の仕事だったんだよ。で、その引き継ぎをダンジョンコアがさせてくれなくて……。だから俺には、罠《トラップ》の解除とかは一切出来ない。外に広げることは出来ても、今ある無明の採掘場は、自分の部屋以外は無理かな」

「そんなことってあります……？」

「あるんだよなぁ……。まぁこれ、どう考えても八割方ダンジョンコアが俺のこと信じてないからなんだけど」

「信じてない存在をダンジョンマスターにするのもどうかと思います」

「とりあえずの急場しのぎだったからなぁ……」

相性悪いもん、とあっさりと言い放つウォルナデット。ダンジョンコアとダンジョンマスターは、本来ならば同じ性質になるはずだ。ダンジョンの経営方針というか、どういうダンジョンにするかという意味で、同じ方向を向くのが普通である。

しかし、とりあえずダンジョンマスターを作らないとダンジョンが壊れる、という切羽詰まった状態で仕立て上げられたウォルナデットは、ダンジョンコアと真逆の性質をしていた。両者の考えは相容《あいい》れない。相容れないので、自分の懐に直接関わるような範囲は権限を与えてくれないダンジョンコアらしい。

「何というかこう、物凄く世知辛いですね……？」

「世知辛いよなぁ……。俺は俺で一生懸命ダンジョンコアにエネルギーが行くように頑張ってるのに、微塵《みじん》も信じてもらえない」

「まぁそりゃあ、許されたらウォリーさん、最奥まで観光地にしますよね」

「する。だって沢山の人に遊びに来てほしいし」

きっぱりはっきり言い切るウォルナデット。そりゃあ絶対に無理だよなぁ、と悠利は思った。ダンジョンの中に入ってくる存在は全部自分のエネルギーの源、早い話が餌だと思っているダンジョンコアである。お友達を呼んだぞ！　みたいなテンションのウォルナデットの方針に許可を出すとは思えない。

とはいえ、今重要なのはそこではない。ダンジョンマスターのウォルナデットでも罠《トラップ》の停止が出来ないとなると、壊して進むしかない。問題は、今回は投擲要員がいないことである。

「まぁ、罠《トラップ》は壊してくれて問題ないけどな。エネルギーあるし、回復するから」

「問題は、誰が罠《トラップ》を発動させるかですよね」

「レオポルドの奴も連れてくれば良かったか……？」

「レオーネさん、お店忙しいと思いますよ」

悠利とアリーがそんな会話をしている中、何やら竜人種三人が話し合いをしていた。ひそひそと小声で会話をしていたと思ったら、方針が固まったのか全員何やら納得顔で頷《うなず》いている。

そして、何気なく彼らを見ていた悠利の前で、それは起きた。ランドールが首のネックレスに、ロザリアが手甲の下に着けていた指輪に触れたと思ったら、彼らの手に武器が握られていたのだ。ランドールは弓、ロザリアは槍《やり》だった。

「はぇ……!?　な、何ですかそれ……!?」

マンガとかアニメで見た感じの武器ー！　と悠利のテンションが上がってしまった。だって、それまでただの装飾品だった物体が、武器に変身したのだ。どう考えても魔法武器である。サブカルに親しんで育った日本人は反応してしまう。

わぁ、わぁ、凄《すご》い！　とテンション爆上がりの悠利の隣で、ウォルナデットが同じような反応をしていた。何その武器恰好《かっこ》良い、超便利そう！　みたいなノリで。……お友達になれたところから考えるに、どことなく感性が似ているのかもしれない。

その二人の姿に、アリーが盛大に溜息《ためいき》を吐いている。お前等落ち着け、という言葉は届いていなかった。

ただし、竜人種二人はそんな反応にも慣れているのか、気を悪くした様子はなかった。優しく説明をしてくれる。

「これは昔見つけた人工遺物《アーティファクト》なんですよ。普段は邪魔にならないようにアクセサリーの形状ですが、登録者の意思で武器に変じます」

「身軽でいられるから便利なんだ」

「私の弓は、矢も構えれば装填《そうてん》されますしね」

「何それすっごい」

悠利は思わず真顔になった。ロザリアの槍は普通に持ち運びに便利だな、ぐらいで終わるが、ランドールの弓の仕様がえげつなかった。矢が補充され続けるとか、弓兵の弱点が完全に補完されている。

ただし、鏃《やじり》の材質は固定なので、特定の魔物に特攻とかは出来ないらしい。とはいえ、使い手が竜人種であるランドール。その彼仕様でかなりの強弓になっているらしく、大抵の敵は普通に射抜けるのだとか。竜人種《バハムーン》スペック怖い。

そこでふと、ロザリアがブルックへと視線を向けた。悠利のハイテンションっぷりと幼馴染《おさなじ》みの顔を見比べて、一言。

「というか、貴様も持っているだろう？　何でこの子はこんなに大はしゃぎしてるんだ？」

で、あった。

うんうん、とランドールも頷いている。ロザリアの指輪（槍になる）、ランドールのネックレス（弓になる）と同じように、ブルックも剣になるアクセサリーを持っているはずだ、と。

その言葉に、悠利はブルックを見た。そうなんですか？　と目で問いかける。それをいつも通りの静かな表情で受け止めたブルックは、答えた。実に端的に。

「切れ味が良すぎるから使ってない」

「切れ味が、良すぎる……？」

「武器の性能があまりにも良すぎてな……。よほどの強敵を相手にするとき以外は、切れすぎて不便なんだ」

「どういうことですか……？」

剣はよく切れる方が良いのでは、と思う悠利。そんな悠利に説明をしてくれたのは、ブルックではなくアリーだった。

「手本にならねぇんだよ」

「お手本？」

「そうだ。魔物の倒し方を訓練生に教えるにしても、武器の性能が良すぎてちっとも参考になりゃしねぇ」

「あ」

それは確かに致命的だ、と悠利は思った。それでなくともブルックは腕が良いので、普通の武器でも訓練生とは比べものにならないほどにサクサク魔物を倒してしまう。そんな彼が認めるほどの切れ味が良すぎる剣を与えてしまったら、それはもう別次元の何かである。どう考えても授業にならない。

そういう理由で、ブルックは幼馴染みとお揃《そろ》いともいえる人工遺物は使っていないのだ。ただし、使っていないだけでちゃんと持っているので、忘れていたとかではない。

「ブルックさんのは、どういう形状なんですか？」

「ブレスレットだ。昔、こいつらと旅をしているときに見つけてな。それぞれが得意としている武器のやつを持つことにした」

「アジトに戻ったら見せてもらっても良いですか？」

「あぁ、構わない」

やったー、と喜ぶ悠利。戦いにも強くなることにも興味はないが、ゲームやアニメで見たような不思議な武器にはちょっと興味があるのだった。

とりあえず、悠利とウォルナデットのテンションが一通り落ち着いたところで、竜人種二人が武器を手にした理由を説明してくれた。そう、本題はこっちである。

「とりあえず、ランディとあたしが罠《トラップ》を発動させて、ブルックに壊させる方針でどうだい？」

「お前も壊す方に回れ、ロゼ」

「それは状況で判断する」

「ですので、罠《トラップ》の場所と内容を教えてください」

「はーい」

僕お仕事頑張りまーす、というノリの悠利。その隣で、同じようにはーい、と手を上げているウォルナデットがいた。……そう、いじることは出来ないが、どこにどんな罠《トラップ》があるのかは解っているダンジョンマスターだから。

そんなわけで、悠利とウォルナデットが罠《トラップ》の位置を教える係となり、ランドールとロザリアが発動させ、ブルックと時々ロザリアが罠《トラップ》を壊すという今後の方針が決まった。アリーは全体の状況把握に努めることになる。そしてルークスは、万が一がないように悠利の傍らで周囲に気を配る役目だった。

「キュ！」

「ルーちゃん、よろしくね」

「キュピ！」

任せて！　と言いたげに張り切るスライム。その愛らしい姿に一同ちょっとほっこりする。……実際は、可愛い見た目を裏切る戦闘力なので、罠《トラップ》が襲ってきたら粉砕しそうなのだが。

方針が固まれば、道中の移動はサクサク進んだ。ウォルナデットが罠《トラップ》の位置を説明し、悠利が危険性の高いものを選んで優先度を付ける。その指示通りにランドールが弓で罠《トラップ》を発動させ、ブルックが容赦なく壊す。時々ロザリアも壊す。

「あ、次の罠《トラップ》は、壁の両脇から槍がぶわって出てくるやつです」

「そうそう、槍いっぱい」

「ふむ。ロゼ、左を頼む」

「はいよ」

悠利《ゆうり》が前方を指差せば、ウォルナデットが補足する。その話を聞いてブルックは右側に向けて剣を構え、ロザリアはそのブルックの言葉に従って左側に向けて槍を構える。

二人が構えたのを確認して、ランドールが矢を放つ。

次の瞬間、憐《あわ》れにも罠《トラップ》にかかった獲物を串刺《くしざ》しにしようと伸びてきた無数の槍。それを、竜人種二人は容赦なく破壊した。槍の先っぽが見えたぐらいの段階で、全部容赦なく叩《たた》き折られている。

反射神経がえぐい。

「過剰戦力すぎんだろ……」

「前のときよりサクサクですねー」

「そりゃ、壊す担当が二人になりゃな……」

「……この三人なら、そりゃあ、順調にダンジョンコアの下に行けますよね」

「だな」

そもそも、防御力も並外れて高い竜人種のお三方である。後方の悠利達のために罠《トラップ》を壊してくれているが、多分彼らは、壁から槍が飛び出してきても避けるだろうし、仮に刺さってもそんなに痛くないはずだ。そういう種族なので。

先導がダンジョンマスターなので、以前よりも迷うことなく奥へ奥へと進むことが出来る。ダンジョン全体の調査もあるので、廊下から部屋へと入るとアリーが竜人種二人に質問しながらアレコレとメモしている。

そんな風に順調な、何というかこう、とても順調な感じに進んでいるのだが、悠利は何故か、首の後ろがチリチリするような変な感覚を覚えた。嫌な予感というか、変な感じというか。何か、何かがこう、引っかかる。

それでも特に何も起こることはなく、ダンジョンコアのある部屋まであと少しというときだった。悠利の嫌な予感が、当たってしまった。

「え……？　アリーさん、この部屋、変です」

「……何だ……？　部屋全体に、罠《トラップ》……？」

「え？　ここに罠《トラップ》なんてなかったはずだけど」

困惑したような悠利の言葉にアリーが反応し、二人で警戒しながら周囲を確認する。それに対して、ウォルナデットは首を傾げている。ダンジョンマスターである彼が把握していない罠《トラップ》、という異常事態だ。

何があっても良いようにと、全員一カ所に固まる。ルークスはぴたりと悠利の側《そば》から離れない。ご主人は僕が守る、と言いたげだ。

「アリーさん、とりあえずこの部屋から出ましょう。何か変です」

「何が起きてる」

「情報が、……次から次へと書き換わって、これ……、今まさに、何かを構築してる感じで……」

ダンジョンコアが何かしているのだ、と察した一同は一先《ひとま》ず廊下へ出ようとした。だが、その判断は少し、遅かった。

悠利の持つチート技能《スキル》【神の瞳《ひとみ》】さんは、ありとあらゆるものを見通す。しかし、それはそこに存在するものを見通すのであり、まだ誕生していないものは見抜けない。

これは、その盲点を突かれたが末の、不幸だった。

「え、皆、どうし……!?」

「え、ちょっ、これ、転移罠《トラップ》ー!?」

目の前で自分以外の皆の姿がブレはじめて慌てるウォルナデットと、さっきまで何もなかったのにいきなり出現した転移罠《トラップ》の存在に悠利が叫ぶのが、ほぼ同時。

次の瞬間、悠利達の姿は、ウォルナデットただ一人を残して、かき消えた。……このダンジョン内の別の場所に、転移させられたのである。

順調に進むかと思われた調査は、ダンジョンコアの反撃によって、ちょっぴりトラブルが発生してしまったようです。転移先の悠利達の運命や、如何に。

◇◇◇

物騒ダンジョンもとい無明の採掘場の奥へと進むだけならば、何も問題など起きないはずだった。何せ、彼らを先導する案内人がダンジョンマスターその人だ。だから、今の状況に悠利は目を白黒させていた。

「えーっと、どこですかね、ここ……?」

「とりあえず、無明の採掘場内であることは確かだろうが……」

「入り口が存在しないお部屋ですね」

「閉じ込められたか……」

悠利とアリーの鑑定でも、この場所が無明の採掘場であると表示されているので、それほど離れた場所に転移させられたわけではないらしい、と理解する。ただ、出入り口の存在しない殺風景な空間に閉じ込められているのが困りものである。

そもそも、何が起こったのか。この場にウォルナデットがいないのは、何故なのか。状況を確認しなければならなかった。

「さっきのアレは、転移罠《トラップ》だったな?」

「はい。あの瞬間に作られたんだと思います」

「ちっ、まさか新設してくるとはな」

忌ま忌ましそうに舌打ちをするアリー。存在していない罠《トラップ》を見抜くのは鑑定持ちでも不可能だ。そこにないものを判断しろというのは完全に無理ゲーである。

だから、悠利とアリーという高位の鑑定能力持ちが揃っていても飛ばされてしまったのは、仕方のないことである。ちょっとした不運だ。

ダンジョンマスターを案内役にしていたので恙《つつが》なく進むかと思ったが、そうもいかないらしい。ブルック達三人は、部屋を調べている。正確には、壁だ。コンコンと叩いているところを見ると、壊せるかどうか確認をしているのだろう。

そこでふと、悠利は疑問を感じた。悠利達一行を邪魔だと感じたのならば、ダンジョンの外に放り出すなり、殺傷力の高い罠《トラップ》を新設するなりすれば良い。何故こんな、中途半端に無明の採掘場内に転移させ、閉じ込めているのか。

「何で僕達、こんな場所に閉じ込められてるんですかね？」

「あ？」

「そもそも、別に転移させるなんて穏便な手段じゃなくて良かったわけですよ。追い出すか、それこそ殺しにかかるか」

「……確かにな」

「なのに何で、この程度なんだろう……？」

確かに、今彼らが閉じ込められている部屋は出入り口が存在しない。しかし、悠利とアリーの二人で脆《もろ》い箇所を探すことは出来るし、何より物理でとてもとても強い竜人種が三人もいる。壁を壊して直線距離で移動することすら可能である。

物騒ダンジョンの名をほしいままにする無明の採掘場のダンジョンコアにしては、どうにも詰めが甘く感じた。少なくとも、道中の気を抜くと死んでしまうような物騒な罠《トラップ》に溢《あふ》れた状況と、今の悠利達の状況では温度が違う。

うんうん、と一人で唸《うな》って考え込んでいる悠利の耳に、ブルックがアリーを呼ぶ声が聞こえた。自然と悠利の視線もそちらに向く。

「アリー、とりあえずどこか適当な壁を壊して出るか？」

「そうだな……。ここに閉じ込められ続けるのもアレだしな……」

「なら、壊しても良さそうな箇所を見繕ってくれ」

「解った」

大人組でサクサクと話が進む。うーん、と悠利はちょっと考えた。確かに壁を壊して出ることは簡単だ。でも、何か大事なことを一つ忘れているような気がした。

「あ、ウォリーさん」

「あん？　どうした、ユーリ」

「ウォリーさんですよ、アリーさん。ウォリーさんだけは転移させられてないから、今頃僕達を捜してくれてると思います」

「……そりゃ、あいつはダンジョンマスターだから、ダンジョンの罠《トラップ》には引っかからんだろう」

「とりあえず、待ってみましょう」

悠利がそんな提案をしたのには、理由がある。この部屋から出るのは簡単だろう。物理的に壊せば良いだけだ。問題は、その後である。

仮に出たとして、心当たりのない場所に飛ばされた悠利達には、現在地を確認することが出来ない。はぐれたウォルナデットと合流出来れば、現在地も解るし、ダンジョンコアの場所への道筋も解るはずだ。

となると、下手に動き回るよりも、ここで大人しく待っていた方が安全だ。ダンジョンマスターはダンジョン内を自由に移動出来るし、マギサが以前ダンジョン内を確認していたことから、内部を把握することも出来るはず。きっとウォルナデットは悠利達を捜してくれる。

「まぁ確かに、あいつに確認してからの方が安全か」

「少なくともこの空間、これ以上何かちょっかいをかけてくる感じはしませんし。ちゃんと空気もあるし」

「物騒なことを言うな」

さらりと不吉すぎることを言い出した悠利に、アリーが思わずツッコミを入れる。ちなみに悠利は、本で読んだりドラマとかで見たシチュエーションから思いついたことを言っただけである。閉鎖空間に閉じ込めて酸素を抜くとか、よくあったので。

とりあえず、そんな物騒な展開は起こらないらしい。室内の酸素濃度は十分あったし、別に気温も体調不良を起こすようにはなっていない。本当に、ただ閉じ込められているだけだった。

「キュー？」

「ルーちゃん、どうしたの？」

「キュイ」

ぺちり、ぺちり、とルークスが壁を叩いている。愛らしいスライムがそんな動作をしていると、とても可愛い。しかし、ルークスはただの可愛いだけのスライムではない。多分きっと、何か理由がある。

ぺちぺちとルークスが叩いている壁の向こうから、カリカリと音が聞こえる。何だろうと悠利が思っていると、ぽろり、ぽろりと壁が崩れて、小さな穴が開いた。本当に小さな穴だ。その穴から、ぴょこっと何かの鼻先が出てきた。

「お鼻……？」

「キュ、キュイキュイ！」

「ミッ！」

「キューピー」

「ミミ……！」

鼻先だけを出していた何かは、甲高い声で鳴いた。ちょっと可愛い鳴き声だ。多分小動物系だろうなと悠利は思った。ルークスとしばらく会話をした後、鼻が引っ込み、去っていく軽やかな足音が聞こえた。

残されたのは、何のことかよく解っていない悠利と、何故か物凄《ものすご》く満足げなルークスだった。一仕事終えたぞ、みたいなオーラが出ている。

「ルーちゃん、何してたの？」

「キュ！」

「いやだから、そんなドヤ顔っぽいのされても、僕、よく解らないんだけ、ど、まで悠利《ゆうり》は言えなかった。何故ならば……。

「全員無事かー！」

突然部屋の一角に、大声と共にウォルナデットが現れたからである。不意打ちの大声に、悠利はびっくりして思わずルークスをぎゅうっと抱きしめてしまった。びっくりしすぎて飛び跳ねてしまったぐらいだ。

大人組はそこまで露骨な反応はしなかったものの、彼らとしても前触れもなく現れたウォルナデットに驚いてはいるのだろう。少しばかり目を見張って、テンション高めに乱入してきたダンジョンマスターのお兄ちゃんを見ていた。

「あぁ見つかって良かった。まったくもう、ダンジョンコアも突然過ぎるんだよなぁ……」

「ウォリーさん、これ、やっぱりダンジョンコアの仕業なんですか？」

「そうなんだよー。ごめんなー。驚いただろー？」

「驚きました」

そこは素直に伝えておく悠利。だって、本当にびっくりしたのだ。いきなり、それまで存在しなかった転移罠《トラップ》が出来たと思ったら、閉じ込められてしまったのだから。

とはいえ、誰にも怪我はないし、転移させられた以外の実害はない。ウォルナデットとも合流出来たので、状況の確認が出来るというものだ。

「状況を説明してもらえるか？」

「勿論《もちろん》。ここはさっきまでいた場所から随分と離れた、無明の採掘場の端っこだ。ダンジョンコアの部屋から一番遠いぐらいのレベルで」

「思いっきり遠ざけられてんじゃねぇか……」

「いやー、ダンジョンコア、驚いちゃったみたいでさー」

「「「「驚いた？」」」」

ウォルナデットの言葉を、一同は思わず反芻《はんすう》してしまった。何に驚くと言うのだ、という感じで。

そもそも、ダンジョンコアが驚くって何だろうか。

そんな一同に、ウォルナデットはひょいと肩をすくめて答える。その姿は、ちょっと呆《あき》れている感じだった。

「そこの三人がトラウマみたいで」

「「「はい？」」」

説明はしてくれたが、ますます意味が解らなかった。トラウマって何だろうか。ダンジョンコアだよな？　とアリーが確認するように問いかければ、こくりとウォルナデットは頷《うなず》く。ダンジョンコアの話をしているぞ、と。

ダンジョンコアって何なんだろう、と悠利は思った。

いや、確かに何らかの意思みたいなのがあることは知っている。その意思に従って、ダンジョンの方針が決まるのだということも。

だからといって、トラウマとか言われると、何のことかさっぱりだ。そんな、感情を有した生物みたいな反応をするとは思わなかったので。

「一種の防衛反応だよ。聞いた話によると、ダンジョンコアをボコボコにしたんだろう？　そのときの三人が揃《そろ》ってるもんだから、また何かしに来たのか！　みたいになったっぽい」

「……それはつまり、こいつらが揃ってるのが原因で転移させられた、と？」

「そう」

ブルック一人のときは特に反応しなかったダンジョンコアだったが、流石に三人勢揃いしているとそうもいかなかったらしい。あの頃の悪夢再び！　みたいな状態になったのだろうか。それでとりあえず、遠ざけることを選んだらしい。

そこで悠利は、疑問に思っていたことを問いかけた。ウォルナデットならば答えてくれるだろうと思って。

「あの、ウォリーさん」

「何だい？」

「何で、同じダンジョン内、それも近場のこっち側に転移させたんでしょうか？　話に聞いてるダンジョンコアの性質から考えたら、ダンジョンから追い出すとか、それこそ殺すつもりで来ると思うんですけど」

「あぁ、そこまでの余力がないから」

「余力の問題だった……」

とても身も蓋《ふた》もない現実だった。このダンジョン、確かにウォルナデットが頑張ってお客さんを呼び込むために画策しているが、未だに本格始動はしていない。調査隊とか、国の許可を得た人しかやって来ていないので、来訪人数はまだまだ少ない。

そういう意味では、エネルギーの回収は追いついていないのだろう。そもそも、とりあえず何とかダンジョンを維持出来る程度には回復した、みたいな見切り発車で浮上しているダンジョンだ。ウォルナデットは元気だが、全盛期にはまだ届かないのだろう。多分。

「そもそも、外側の数多の歓待場で回収出来るエネルギーの大半は、俺がもらってるから」

「え、そうなんですか？」

「だって、俺の方針で呼んだお客さんのおかげで溜《た》まったエネルギーだぞ？　俺に権利があっても良いだろ？」

「そういうものなんですか……？」

「さぁ？」

悠利には、ダンジョンコアとダンジョンマスターの関係はさっぱり解らない。ただ、このダンジョンの場合はかなり特殊であるのは事実だ。少なくとも、収穫の箱庭のダンジョンマスターであるマギサは、ダンジョンコアと意思の疎通バッチリで、良い感じにエネルギーを使っているはずなので。

「勿論ダンジョンコアにも回してるけど、俺が自由に使えるようにして、色々と改修とかしてるんだよ。それでさらにお客さんが増えたら、結果としてダンジョンコアに流れるエネルギーも増えるだろ？」

「それは確かに、そうですね」

「だから、多分、さっきの転移罠《トラップ》作るのが限界かな？」

「じゃあ、この先は進んでも、新しい罠《トラップ》が出てくることはないんですね？」

「と、思う。そんな余力はないはずだし」

それなら良かった、と悠利は胸をなで下ろした。一安心だ。

何せ、今後も進んでは転移させられてだと、全然先に進めない。調査を終わらせて帰りたいのに、不可能になってしまう。いたちごっこみたいではないか。

アリーも同感だったのか、どのルートで進めば良いのかをウォルナデットに聞いている。壁を壊すのは中止し、ウォルナデットが通れるようにしてくれる。

基本、無明の採掘場部分の権限はウォルナデットにないのだが、壁を作ったり、逆に壁に穴を開けたり程度は出来るらしい。出来ないのは罠《トラップ》の解除と、全体的な構造の改修である。その辺は許されていないらしい。世知辛い。

そんな風に和やかに話をしている悠利達に、声をかけてくる者がいた。ランドールである。

「一つ聞いても？」

「はいはい、いくらでも」

「つまりダンジョンコアは、我々にされたことは覚えているくせに、相変わらずあの物騒な罠《トラップ》の配置を改めない、と？」

「ですねー。ボコボコにされた恨みとかトラウマとかはあるっぽいですけど、基本的に自分の方針は間違ってない！　みたいな感じで」

「そうですか」

ウォルナデットの物凄くかっるい説明に、ランドールは静かに答えた。……何だかとても怖い感じの「そうですか」だった。表情は変わらず優しいのに、声も優しいのに、何故かこう、ぞわっと背筋を走り抜けた何かを悠利は感じた。

それはたとえるなら、地震の前にネズミが船から逃げ出すようなアレである。本能が訴えかける、危険への警告。しかし【神の瞳《ひとみ》】さんが何も言ってこないので、危ないことはないのだろう。それでもちょっと怖いのだが。

そんな悠利の耳に、ふふふ、と低い声が聞こえた。それは、ランドールの口からこぼれ落ちた笑い声である。

「ラ、ランディさん……？」

「アレだけ叩《たた》き潰《つぶ》してもまだ理解しないのか。やはりあのとき、専用武器を借りてきて砕いておくべきだった」

「うえ……!?」

ドスの利いた声で呟《つぶや》くランドールに、悠利は思わずひえっと声を上げた。そのまま、盾を求めるようにアリーの隣へ移動する。悠利の怯《おび》えを察したのか、ルークスも側に来てくれた。

「……ロゼ」

「……キレたな」

「だな」

そんな悠利と裏腹に、ブルックとロザリアは落ち着いていた。とてもとても落ち着いていた。彼らにとっては見慣れた光景なのかもしれない。

キレた、とロザリアは言った。つまり、温厚そうなランドールがぷっつんしたということである。竜人種《バハムーン》さんのぷっつん、とても怖い。何が起こるか解らなくて、悠利はドキドキした。

「ウォリーさん」

「は、はい？」

「少々、ダンジョンコアに躾《しつけ》をしてもよろしいですか？」

「躾……？」

「考えを改めるまで、徹底的に攻撃しようかと」

にこにこにっこり、と微笑むランドール。笑っているのにオーラが怖い。口調はいつものままだが、それは攻撃判定の入っていない相手向けだからだ。多分、ダンジョンコアを前にしたら口調が怖くなるやつだ。

大丈夫なんだろうか、と悠利は思った。ダンジョンコアとダンジョンマスターは運命共同体である。確かに、どちらかが欠けてもダンジョンは存在するけれど、一応は運命共同体なのである。そのダンジョンコアをボコボコにする提案をされるなんて、と。

しかし、ウォルナデットの返答はあっさりしたものだった。

「壊さないなら、お好きなだけどうぞ！」

「ありがとう」

「ウォリーさーん⁉」

「ん、どうした？」

「どうしたじゃないですよ！」

物凄《ものすご》くさっくり運命共同体を売ったウォルナデットに、悠利は思わず叫んだ。叫びはしなかったが、アリーも微妙な顔をしている。なお、ランドールは許可をもらった段階でボコボコにする作戦を立てるため、幼馴染《おさなな じ》み二人と話し込んでいる。やる気満々だった。

「そんなこと許可して、大丈夫なんですか？」

「大丈夫、大丈夫。ダンジョンコアは専用の武器がないと破壊出来ないから。破壊されないなら、俺が修復に追われることもないし」

「いやでも、それでもダンジョンコアがボコボコにされたら、困るんじゃ……？」

一応は、ダンジョンの核はダンジョンコアである。そんなホイホイとボコる許可を与えて良いものではないはずだ。心配そうな悠利に、ウォルナデットはからりと笑った。

「いやー、解るまでボコボコにされた方が、今後話が通しやすいかなって」

「え……」

「俺がどれだけ、敵意を向けたら敵意しか返ってこないから、友好的に接して長期的に来訪者が来るようにした方が効率が良い、って説明しても納得しないからさぁ」

唇を尖《とが》らせて、ウォルナデットはぶちぶちと文句を言い出した。どうやら色々と鬱憤《うっぷん》が溜《た》まっていたらしい。

「彼らが怒ってボコボコにしてくれるなら、その状況から敵意を向けたままなら同じことが繰り返されるって教え込めるだろう？　別に完全に友好的になれとは言わないけどさ、物騒は引っ込める方針にしたいんだよ。そうしたらこっちまで拡張出来るし」

「拡張、したいんですか……？」

「いやー、記憶にある建造物の話をしたら、アレもコレも研究したいから作ってほしいってお願いされててさー。でも場所が足りないから、将来的にはこっち側もそうしたいんだよねー」

「わぁ……」

まさかの理由がそこだった。

いや、確かに学術的な意味でも、大昔の建造物とそっくりそのまま同じ建物というのは、大変魅力的なのだろう。今の段階でも良い感じにお客さんは呼べそうだし。そこへ、こういうのが欲しいというリクエストが出ているらしい。

数多の歓待場は、無明の採掘場の外側部分にウォルナデットが勝手に構築しているダンジョンである。ダンジョンの敷地というのは頑張れば広げることも出来るが、広げるのには力が必要だ。それならば、既にある空間を有効活用したいらしい。

あの物騒ダンジョンのダンジョンコアが、そんなこと許してくれるかなぁ、と悠利《ゆうり》は思った。実際、今まではウォルナデットの話なんて右から左に聞き流して、権限を与えてくれていないらしいが。

「ってわけだから、今からダンジョンコアの下へ案内するよ！」

「妨害は……」

「まぁ、あるとしたら部屋の入れ替えレベルとかだろうから。罠《トラップ》は既存の罠《トラップ》だけだと思う」

「既存の罠《トラップ》なら、僕やアリーさんが気付けますね」

「それじゃ、出口を作ろう！」

方針決定ー！　とウォルナデットは上機嫌で壁に手を押し当てた。皆が通れるように穴を開けて、このダンジョンのダンジョンマスターである青年は、にっこり笑顔で告げた。

「それでは皆様、分からず屋の堅物ダンジョンコアの下へ、ご案内しましょう」

実に楽しげなウォルナデットの言葉に、悠利は思った。まるで何かのツアーの案内人みたいだなぁ、と。

とはいえ、やる気もとい殺《ヤ》る気満々のランドールを筆頭に、大人組は真剣な顔をしていた。多分コレは、ダンジョンコアが敵認定をされている。敵というか、考え無しのアホにお灸《きゅう》を据える感じのアレだ。

可哀想に、と悠利は思った。下手に反応なんてせずに、悠利達を放置していたら、こんな大事にはならなかったのだ。罠《トラップ》は根こそぎ壊されたかもしれないけれど、調査だけして悠利達は立ち去ったはずである。

こういうのも因果応報というのかなぁ、と暢気《のんき》なことを考えながら、悠利はルークスを従えて皆の真ん中を歩くのだった。

どうやら、危険が迫っているのは悠利達ではなく、ダンジョンコアのようです。目指せ、ダンジョンコア！

◇◇◇

わー、過剰戦力ー、と悠利は目の前の光景を見て思った。いや、どう考えても過剰戦力なのは前々から把握していたのだ。していたけれど、目の前の光景を見て思わず、だからってこれはかなりアレなのでは……？　と思ったのである。

少なくとも、先ほどまでは全員それなりに大人しかったんだな、と理解する。まだまだ竜人種という種族の凄《すさ》まじさを知らなかった悠利である。

まず第一に、武器がいらない。

武器がいらないって何の冗談だ、と言われそうだが目の前の光景から言える事実なのだから仕方がない。一応ブルック達は武器を握ったまま罠《トラップ》を潰してはいるが、大半が素手や素足である。武器が半分以下しか使われていない。

素手で飛んできた槍《やり》をむんずと掴《つか》み、へし折り、何なら矢を掌で弾き返す。掌で⁉　と衝撃を受ける悠利の隣でアリーが普通の顔をしていたので、竜人種の身体能力ならばその程度普通なのかもしれないが。それでも衝撃は消えない。

ロザリアは素早い動きで足を振り上げ、そのまま空中から降り注ぐ槍を踏み潰す。実に見事な踵《かかと》落とし。流れるようなその動作は美しく、まるで型稽古《かたげいこ》でも見ているようだ。

でも実際は、うっかり気を抜いたら大怪我か死んじゃうような罠《トラップ》を相手の大立ち回りなので、とても物騒である。ただし、その罠《トラップ》が最前線で戦う竜人種達には別に脅威でも何でもないというのが現実なのである。

攻撃に当たらないとかそういう次元ではない。攻撃をくらっても別に痛くも痒《かゆ》くもない、という意味で脅威ではないのだ。頑丈だ、頑丈だ、とは聞かされていたが、これはもう別次元なのでは……？　と思う悠利だった。

とはいえ、そんなとても強い竜人種さん達のおかげで助かっているのは事実である。守られる立場の悠利としては、安心出来る。

でもやっぱり、この人達規格外だなぁ、と思うのは止められなかった。

「ウォルナデット、また何か部屋と通路がぐっちゃぐちゃになってねぇか？」

「なってますねー。今現在も色々と動かしてる真っ最中ー」

「……ったく、面倒だな」

「ルート分析しますんで、ちょっとお待ちを」

アリーに言われて、ウォルナデットはキョロキョロと周囲を見渡して考えている。ちなみに彼は今、悠利達には見えない映像を見ている。このダンジョンの構造を複数のディスプレイを眼前に展開して調べているような感じらしい。

そう説明された悠利は、「それ、ＳＦとかでやってるめっちゃ恰好良《かっこよ》いやつ……！」と思った。思ったけれど、大人しく空気を読んで黙っていた。今回は頑張りました。

ウォルナデットがルート分析にかかりきりになるので、アリーと悠利で罠《トラップ》を判断する。不用意に先に進むことはせず、とりあえず手の届く範囲の罠《トラップ》を壊すことに集中している。

「ロゼさん、右上の燭台《しょくだい》を動かすと、床が抜けて毒矢が飛び出してきます」

「あいよ」

悠利の説明を受けたロザリアが燭台を動かせば、説明通りに矢が飛んでくる。それもかなりの数だ。毒矢と聞かされていたロザリアは、槍の一薙《ひとな》ぎでそれらを一掃した。見事である。

「毒矢はやっぱり警戒しますか？」

「毒にもよるな。ある程度なら無効だ」

「……ツノフグの麻痺《まひ》毒が効かなかった感じで……？」

「…………待て、少年。毒化したツノフグを食べたのか、あのバカは」

「らしいって話です」

「……あのアホめ……」

以前の会話を思い出して悠利が言えば、ロザリアが低い声で呻《うめ》いた。そこで悠利は気付いた。いくら毒が効かないからって、毒化した状態のツノフグを食べるのは、竜人種でも普通のことではないのだ、と。

ちらりと悠利が視線を向ければ、ブルックはいつも通りの表情で答えた。淡々と。

「毒化はしていたが、美味そうに調理してあったからな。どうせあの程度の毒なら効かないのは解っていたし」

「だからってわざわざ毒化したのを食うな。アホ」

「舌にピリピリと刺激があって、あれはあれで面白かったぞ」

「止めろ。あたし達までゲテモノ食いだと思われる」

幼馴染みの奇行にツッコミを入れるロザリア。それに対して平然としているブルック。軽口を叩《たた》いている彼らは、その状態で、見もせずに飛来する矢や槍を粉砕し、落ちてくる壁を片手で受け止めて押し返し、釣り天井は片方が受け止めた状態でもう片方が突起部分を粉砕してから押し返していた。

目の前の光景は、もはや規格外によるトンデモビックリ展覧会みたいなものだった。何だろうコレ、と悠利は思った。

そんな悠利の足下で、時々飛んでくる破片から悠利を守っているルークスが、ちょっとだけうずうずした感じで身体を揺らしていた。容赦なく罠《トラップ》を粉砕していく姿が、楽しそうに見えているのかもしれない。ルークスは一応魔物なので。

なお、そんな風に軽口を叩くブルックとロザリアと違って、ランドールはずっと無言だった。何やら冷えた圧のようなものを常に纏《まと》っている。お怒りは全然収まっていなかった。

一応弓を握っているが、殆《ほとん》ど使っていない。足で罠《トラップ》のスイッチを押し、素手で罠《トラップ》を粉砕している。

鍛えられた武人という印象のブルックやロザリアと違ってほっそりして見えるランドールだけに、肉体一つで頑丈そうな罠《トラップ》を粉砕していく姿は、ちょっとこう、ギャップが凄《すご》かった。

　顔から表情が抜け落ちているのも、怖いと悠利が感じる理由かもしれない。どれほど柔和な面差しをしていても真顔は誰でも怖いんだな、と思った悠利であった。

「ブルック、そこの右手の色の違う石を踏むと罠《トラップ》が出るが、」

「これか？」

「待て、その罠《トラップ》、狙撃《そげき》が後ろから……！」

「あ」

　アリーの言葉を最後まで聞かずに、ブルックは色の違う石を踏んだ。そこに重なるアリーの説明。ダメなやつだったかとブルックが後ろを振り返る。

「わー‼」

「キュー！」

　突然現れた弓矢の嵐に悠利が声を上げるのと、ダメー！　と言いたげにルークスが飛び上がって矢を叩き落とすのがほぼ同時。出来るスライムは、ちゃんと仕事をしてくれた。

「ルーちゃん、ありがとう！」

「キュイキュイ」

　ちゃんと主《あるじ》を守れたことにご機嫌のルークス。僕の従魔、本当に頼りになる……！　みたいな悠利。悠利が無傷だったので、安心したように胸をなで下ろした後、ブルックの後頭部を殴るアリー。

……なお、ブルックは痛みは感じていないので普通だが、すまんと謝ってはいた。

さらに、ルークスとほぼ同時に踏み込んできたランドールが、素手で矢を叩き落とし、掴んでへし折ってくれていた。ありがとうございます、と頭を下げる悠利には静かに頷《うなず》くだけだったが、狙撃地点を見据える横顔は冷えている。

「性根が腐ってやがるな」

「え……」

ぼそりと呟《つぶや》かれた言葉に、悠利は聞き間違いかな？　とランドールを見た。でもアリーでもブルックでもない男性の声だったたし、距離的にどう考えてもランドールの声だった。だから今の荒っぽい言葉は、ランドールのものであるはずだった。

何で？　と思いながら視線を向けた悠利に対して、ロザリアとブルックはひょいと肩をすくめた。

幼馴染《おさななじ》みズは、実に落ち着いていた。

「ランがあそこまで本格的にキレるのは久しぶりだな、ロゼ」

「あぁ。近年まれに見るキレっぷりだ。……ラン、少年が怯《おび》えているぞ」

「煩い」

「ユーリ、安心しろ。こいつはダンジョンコアの性格の悪さにキレているだけだからな」

「あ、はい……」

これは、普段温厚な人がキレたら物凄《ものすご》く怖いという見本みたいなものかなぁ、と悠利は思った。

一応は、自分に対しての圧ではないにせよ、今までと全然違う態度を取られると落ち着かないんだなと思った。

なので悠利《ゆうり》は、とりあえず現在進行形でキレているだろうランドールに、自分に出来る言葉をかけることにした。

「あの、全部終わったらお土産に昨日のパウンドケーキをお渡ししますね」

「……パウンドケーキ？」

「はい。予備が残っているので。お口に合ったみたいなので、ランディさんのお土産に」

にっこり笑う悠利に、ランドールは動きを止めた。その一瞬、それまでの殺伐とした雰囲気が消えた。しゅうっと風船がしぼむように消えた。

「それはとても嬉《うれ》しいお土産だね、ありがとう」

「はい」

悠利に優しく微笑むと、ランドールは再び罠《トラップ》を破壊する作業に戻っていく。あぁ良かった、喜んでくれた、と悠利はホッと胸をなで下ろす。

そんな悠利とランドールの会話を聞いていたブルックとロザリアは、前線に戻ってきた幼馴染みに対して口を開いた。

「ラン、お前それは、いくら何でも現金すぎるだろ」

「貴様なぁ……。食い物に釣られて動くのはこいつ一人にしてくれ」

甘味で動くと判断されている男ブルックは、特に反論はしなかった。自分にそういう部分があるのはよく解っている。なお、ロザリアの言い分には続きがあった。

「貴様は、酒で動くだけにしておいてくれ。酒の絡んだ食い物まで動くようになるとか、手に負えん……」

である。

そう、ブルックが甘味で動くように、ランドールは酒で動く。何なら、依頼料の代わりに貴重なお酒とかでも普通に仕事をする。そういう男なのは知っているが、頼むから酒を使った料理にまで反応しないでくれということなのだろう。

ちなみにロザリアは食べ物では動かない。彼女は適正な賃金で動くだけである。多分、男二人に比べたら理性が仕事をしている。

「煩い。さっさとやれ」

「そしてさっきの一瞬落ち着いただけ、と」

「予想通りだが、ラン、貴様な……」

「働け」

「働いてるだろ」

「まったくだ」

雑談をする間も、彼らは罠《トラップ》を壊している。そういう意味ではちゃんと働いている。ただ、幼馴染みにツッコミを入れるのを忘れていないだけで。

ちょっと異様な光景だが、当人達は普通の顔で会話をしているので、彼らにとってはいつものことなのだろう。竜人種《バハムーン》の普通って怖いなぁ、と思う悠利だった。

「アリーさん」

「何だ、ユーリ」

「僕、前からブルックさんが強いとは思ってたんですけど」

「あぁ」

「……竜人種って、デタラメすぎません……？」

「デタラメだな」

一歩間違えたら暴言みたいな悠利の台詞を、アリーは咎《とが》めなかった。むしろ肯定してくれた。ブルックの規格外の強さは、彼と共に旅をしていたアリーが誰より知っているのだ。

そして、そのブルックと同等の実力者だと言われるロザリアとランドールがいる。一人でも過剰戦力と言われそうな竜人種が、三人。しかも何だかんだで連携は完璧《かんぺき》である。実力以上の強さを発揮出来ると言っても過言ではない。

そもそも、悠利とアリーという強力な鑑定持ちの仕事が、ほぼないのである。一応は罠《トラップ》の位置を教えてはいるが、無遠慮に罠《トラップ》を発動させても自分達で全部壊すので、説明なしでも問題ない。ブルック達にしてみれば、以前と同じ行動をしているだけだろうが。

「アリーさん、ついでに調査します？」

「構造が変わってんなら、調査にならねぇだろ。落ち着いてからだな」

「デスヨネー」

通路やら部屋やらが無意味に入れ替わり、壁が出現し、彼らの行く手を阻《はば》んでいる。罠《トラップ》の追加は出来ないようだが、ブルック達が壊せば壊すほど、無事な罠《トラップ》の部分を送りつけてくる感じである。ダンジョンコアも必死そうだ。

ウォルナデットがルートを分析している間も、罠《トラップ》の破壊は続く。そして罠《トラップ》が破壊されると、また部屋や通路が入れ替えられる。何ともイタチごっこのような状況だった。

……そう、それは、ルート分析をしているウォルナデットにとってもだったらしい。

「あのー！　ちょっと罠《トラップ》壊すの待ってもらえませんかね⁉　全部壊したらまた入れ替えられちゃうんですけど！」

物凄く切実な叫びが届いた。お疲れ様である。

ぐちゃぐちゃに入れ替え、つなぎ合わされたダンジョンの情報を把握しつつ、どこをどう通ればダンジョンコアの下へ行けるのか考えていたウォルナデット。しかし、彼がルートを見つけたと思ったら、またあちらもこちらも入れ替わってぐっちゃぐちゃになるのである。不憫《ふびん》だった。

ダンジョンマスター殿の悲痛な叫びに、竜人種三人は動きを止めた。出来ることをやっていただけなのに？　みたいな顔をしている。何だかんだで全部壊せば終わるみたいな思考回路になるのは、戦闘特化種族の性《さが》なのだろうか……？

「俺、言いましたよね⁉　ルート分析するから、ちょっとお待ちをって！　全然待っててくれないじゃないですか！」

「待ってただろう」

「その通り。先には進んでいない」

「罠《トラップ》を壊しただけだ」

「それ――――‼　それが一番ダメなやつです‼」

バカー！　とでも言いたげな勢いでウォルナデットは叫んだ。俺がこんなに頑張ってるのに、何で邪魔するんですか！　みたいなノリだった。いや、実際そういう感じだったのだろう。お疲れ様である。

「全員、俺が適正なルートを見つけるまで待ってくださいよ！」

「いや待て」

「何ですか、アリーさん」

「むしろ、こいつらに罠《トラップ》を全部破壊させた方が良いんじゃないか？」

「え？」

アリーの言葉に、ウォルナデットは動きを止めた。何で？　とその顔が物語っている。しかし、一応アリーにも考えはあった。

「さっきから、罠《トラップ》が切れると入れ替えてるだろ？　なら、全部壊してしまえばもう、入れ替える意味がなくなる」

「……」

「罠《トラップ》がなくなってしまえば、仮に入れ替えられたとしても、気にせずに先へ進んでいける」

「……」

「違うか？」

アリーの説明を聞いて、ウォルナデットは少し考えた。悠利達には見えないダンジョンの状態を確認しているようだ。しばらくして、彼はこくんと頷いた。

「確かに、あともう少しで無明の採掘場部分の罠《トラップ》は全部壊せそうかな。……じゃあ、根こそぎ壊してもらう方針で」

「とりあえず全部壊せば良いんだな？」

「適当に壊すなよ。さっきみたいに後方が危なくなる罠《トラップ》もあるんだからな」

「そのときは誰かが反応する」

「ブルック……」

確かに竜人種の反射神経なら出来るだろうが、そんな大雑把にやろうとするなと呻《うめ》くアリー。傍らにいるのが幼馴染み達だというのもあって、いつも以上に大雑把になっているブルックだった。

そしてまぁ、それでどうにか出来るスペックが彼らである。

それじゃ壊すか、と罠《トラップ》の破壊に勤しむ竜人種三人。誰一人気負っていなかった。そして次から次へと罠《トラップ》を壊していた。えげつない。

「じゃあ、罠《トラップ》が壊れるまで俺は待機ということでー」

「ウォリーさん」

「ん、何？」

「ダンジョンコア、部屋の入れ替えにはエネルギー使わないんですか？」

「使うよ。使うから、……まぁ、そのうち弾切れになると思う」

往生際悪いよなーと楽しげに笑うウォルナデット。運命共同体とはいえ、方針が違いすぎるダンジョンコアには思うところがたっぷりあるらしい。根深いなぁ、と思う悠利だった。

なお、ウォルナデットに言わせれば、自分は時代に合わせた案を出しているのに向こうがそれを全く理解しないだけだ、ということになるのだが。……いや、お前の案は時代に合わせているのではなく、どこぞのダンジョンマスターが一人でやってる異色案だ、というツッコミはなかった。今更なので。

「じゃあ、ブルックさん達が罠《トラップ》を壊し終わるのと、ダンジョンコアが弾切れになるのを待つ感じですか？」

「そうだな。これだけ派手にやってたら弾切れも近いだろうし、それで良いと思う」

「じゃあ、そのときは道案内、お願いしますね？」

「任された」

何せ俺はここのダンジョンマスターだからな、と笑うウォルナデット。何だかんだで、ダンジョンマスターとしての第二の生を楽しんではいるお兄さんだった。

そんなわけで、全ての罠《トラップ》を破壊し、ダンジョンコアのエネルギー切れを待って、悠利達は無明の採掘場の最奥、ダンジョンコアのある部屋へと向かうのでした。さぁ、オハナシの開始です。

◇◇◇

やる気もとい殺《ヤ》る気に満ちた竜人種が三人。完全に傍観者に徹するつもりの人間が二人。その足下で我関せずとばかりにぽよぽよしているスライムが一匹。

そして、ビカビカと警戒するような光を発しているダンジョンコアを指し示して、満面の笑みを浮かべるダンジョンマスターが一人。

「それではどうぞ、ダンジョンの維持が出来る程度にしておいてくださるなら、お好きなだけボコってください！」

まるでバラエティー番組の司会者よろしく、ウォルナデットは元気に言い切った。その宣言に鷹《おう》揚《よう》に頷《うなず》いて、規格外の戦闘力をお持ちの竜人種のお三方は、武器を片手にダンジョンコアに近づいていく。まるでコントみたいだった。

ウォルナデットの発言に、ダンジョンコアが更にビカビカ輝く。お前何考えてるんだ！　みたいなやつだろうか。しかし、ウォルナデットはどこ吹く風。お任せしますねーと能天気に笑っている。色んな意味で図太かった。

頼みの綱のダンジョンマスターが全然役に立たないことに気付いたのだろう。ダンジョンコアは一際強く輝いた。眩《まぶ》しさに思わず目を庇《かば》う悠利達。光が収まったので確認してみれば、ダンジョンコアの周りに薄い膜が見えた。

「……ウォリーさん、あれ、何ですか？」

「ん？　防壁だろ。そんな防壁で竜人種の攻撃防げるのかなー」

「わー。ウォリーさん、超楽しそー」

ダンジョンコアは物凄《ものすご》く必死なはずなのに、ダンジョンマスターであるウォルナデットはとてもとても楽しそうだった。悠利《ゆうり》が思わず棒読みになってしまうぐらい、彼はにこにこ笑顔で楽しそうなのである。

ダンジョンコアが必死に作ったであろう防壁、いわゆるバリアを前に、竜人種達は落ち着いていた。その程度、彼らは気にしないのかもしれない。各々の武器で防壁を攻撃している。

ただし、ダンジョンコアがそれなりに頑張って作ったらしい防壁だ。カンカンと武器とぶつかる音はしても、壊れる気配はない。……今は、まだ。

「確かこれ、以前も殴り続けていたら消えたよな」

「消えた消えた。面倒だから殴るか？」

「ロゼやランディはそっちの方が早そうだな。俺は斬っておく」

「貴様もその剣なら殴った方が強そうだが？」

「剣の方が広範囲だからな」

「なるほど」

ブルックとロザリアは、実に落ち着いた会話をしていた。目の前の防壁なんて、別に障害とも何とも思っていない口調だ。ウォーミングアップに壊すか、ぐらいのテンションである。竜人種さん怖い。

ランドールはというと、まだキレたままなのか、無言で弓をネックレスに戻して素手で防壁を殴っている。時々足も出ていた。柔和な印象を与えるほっそりとしたお兄さんが、手足で防壁をボコボコにしている姿は、ちょっとシュールである。

そんな光景を余所《よそ》に、アリーは持ってきた地図と今まで通ってきた部分を照らし合わせてメモを取っていた。罠《トラップ》の種類や内部構造などに書き込みをしている。お仕事の真っ最中だった。

「ところで、こっち側の調査って具体的にどんな感じの予定だったんです？」

「迂闊《うかつ》に立ち入れないから、ざっくりした全体の情報と、後はアイツの記憶と照らし合わせて本当に過去に休眠させたダンジョンなのかどうかを調べる、ということだったんだが」

「まぁ、それは確定してますよね。しっかり覚えてる方がいましたし」

「そうだな」

そのしっかりと覚えている方々は、しっかりと覚えているが故に相変わらずのダンジョンコアに大層お怒りで、攻撃の真っ最中だが。誰一人として、こちらの調査に協力してくれるつもりがなかった。

「そういや、あいつらが宝箱が渋かったと言ってたが、比率はどんな感じだったんだ？」

「んー、記憶情報によると、罠《トラップ》が九割に対して宝箱が一割って感じで」

「潜る意味ねぇだろ……」

思わずウォルナデットにツッコミを入れるアリー。冒険者というのはリスクとリターンを天秤《てんびん》にかけてダンジョンに潜る存在である。ハイリスクハイリターンならまだしも、ハイハイリスクノーリターンみたいなバランスでは、旨味がゼロである。

しかし、それでもこのダンジョン無明の採掘場には、探索者が訪れていたはずだ。命の危険があると解りながらも人々を引きつけた理由が、あるはずだった。

その理由は、ウォルナデットによってあっさりと明かされた。……彼もまた、元々はこのダンジョンへ宝を求めて訪れていたのだから。

「当時、このダンジョンでは比較的浅い場所でオリハルコンが採取出来たんですよ」

「オリハルコン……!?」

「罠《トラップ》はえげつないし、魔物もえげつない。それでも、他のダンジョンに比べて、運が良ければ早い段階でオリハルコンが手に入る。ここはそういうダンジョンでした」

驚愕《きょうがく》の声を上げた後、アリーは頭を抱えた。それは、餌にするにはあまりにも魅力的すぎる素材だった。オリハルコンは希少金属であり、ダンジョン産しか存在しない。そして、ありとあらゆるものに使われる。

武器や防具だけではない。その美しい輝きは細工物や家具、果ては家の装飾にも使われている。古《いにしえ》より黄金の輝きは人々を魅了すると言うが、オリハルコンのそれは柔らかな輝きで、見る者を幸福な気持ちにさせるのだという。

また、金属としても優れているので、武器や防具にした場合の性能は文句なしだ。オリハルコンが採れるダンジョンは他にもあるが、大抵は最奥でボスを倒してやっと手に入るという状況。そのダンジョンの罠《トラップ》や魔物のえげつなさは、無明の採掘場とさほど変わらない。

そういう意味では、浅い階層で手に入れることが出来るという一点だけで、冒険者達が一獲千金を狙って飛び込んでくるのも無理はないと言えた。依頼であれ、自分達の自由意志であれ、オリハルコンを手に入れられれば己を取り巻く世界が変わるだろう。

ちなみに、悠利の錬金釜《がま》はオリハルコンとそれよりさらに希少なヒヒイロカネによって作られている。そんなレア中のレアな金属を素材棚に普通に置いていた錬金鍛冶士《かじし》のグルガルは、悠利が思っている以上に凄腕《すごうで》の親父《おやじ》殿なのである。

閑話休題。

とりあえず悠利は、アリーとウォルナデットの会話を大人しく聞いていた。オリハルコンがどれだけ凄《すご》いのか、さっぱり解っていないからである。主《あるじ》がそんな調子なので、ルークスも悠利の腕に抱えられた状態で大人しくしていた。特にやることもなかったので。

「あ、見て見て、ルーちゃん。防壁が壊れそうだよ」

「キュ？」

「ほら、ヒビが入ってきてる」

「キュキュー」

「ブルックさん達、頑張ってるねぇ」

「キュイ」

ねー、と和やかに会話をする主従。そんな悠利達の視線の先では、ブルック達にボコボコに殴られた防壁が、あちらこちらからひびが割れ、今にも壊れそうになっていた。……本当に、殴るだけで防壁を壊している。強すぎた。

竜人種《バハムーン》達によって、防壁が壊されようとしていることに気付いているのだろう。ダンジョンコアは焦るように明滅を繰り返している。まるで誰かを呼んでいるようだが、その呼ばれているはずの誰か……ダンジョンマスターであるウォルナデットは、アリーとまったり思い出話にふけっていた。全然見ていない。

このダンジョンマスター本当に役に立たない！　とダンジョンコアが思ったかどうかは定かではないが、とりあえず、防壁が壊れたら直接殴られるというのは理解したのだろう。覚悟を決めたようにダンジョンコアが明滅を止め、光を弱めていく。

「ダンジョンコア、大人しくなったみたいだねぇ」

「キュイキュイ」

「でも、ダンジョンコアを壊しちゃうとウォリーさんも困るから、ある程度で止めないとダメなんだよね。見極め大変だね」

「キュピー」

悠利の言葉に、ルークスはちょろりと身体の一部を伸ばしてウォルナデットを示した。その辺の見極めはあの人がやるでしょ、みたいな感じだった。そうだねぇ、と悠利は笑った。言葉は解らないが、何となくで通じ合うこともあるのだ。

そんな風にまったりしている悠利達の目の前で、それは起きた。軽い音を立てて防壁が完全に崩れ去ったのだ。まるで、ガラスが割れるようにパリンと砕けるのが見える。

防壁が壊れたとなれば、後は直接ボコるだけ。思う存分ボコボコにしてくれるわ！　みたいなノリの竜人種三人が、それぞれ一歩踏み込んだ。

その瞬間、だった。

「うぇええええ⁉」

驚愕の声を上げたのは悠利だけ。ただし、竜人種三人もそれなりに驚いていたのか、全員素早く距離を取った。

何が起きたのかと言えば、ダンジョンコアから、ビームが出た。簡単に言うとそれである。

「ビ、ビーム出た……。え、ダンジョンコアってビーム撃てるの⁉　ウォリーさん、ウォリーさーん‼」

「うぉっ⁉　いきなりどうした、ユーリくん」

「ビーム！　今、ダンジョンコアからビームが！　いっぱい！」

「びーむ？」

「光線です！」

「あぁ光線な」

ビームで通じなかったので、悠利は別の言葉に言い換えて訴えた。焦りまくる悠利とは裏腹に、ウォルナデットはケロリとしている。……つまりは、ダンジョンコアがビームを撃てるのは標準装備らしい。なんてこったい。

ダンジョンコアは、キラキラ綺麗《きれい》に輝いているだけのダンジョンの核ではなかった。罠《トラップ》も作れるし、構造をいじることも出来る、その上、バリアは張れるしビームも撃てる。出来ないのは移動だけかもしれない。衝撃の新事実だった。

アリーもあまり驚いていないところを見ると、別に珍しいことでもないのだろう。でも悠利はダンジョンコアがそんな風にアレコレ出来るとは知らなかったので、衝撃が強かった。だって、ただの光っている水晶みたいな何かだと思っていたのだ。

「ダンジョンコアってあんなこと出来るんですか⁉」

「そりゃ、ダンジョンコアにだって最低限の身を守る術《すべ》ぐらいあるだろ」

「さっき、部屋を入れ替えたりするのは弾切れって……」

「そっちとはエネルギーの区分が別。そっちで使い切って身を守れませんでした、じゃ意味ないだろ？」

悠利の言葉に、ウォルナデットは丁寧に説明をしてくれる。優しい。そっかー、君はあんまり知らないのかー、みたいなノリだった。子供にアレコレ教えるお兄さんという感じだ。

そう、悠利は知らなかった。ダンジョンコアはマギサのところで何度も見ているが、綺麗に光っているだけだったし、バリアを作ったりしないし、ビームも撃ってこない。いつだって光ってるだけだった。

なお、収穫の箱庭のダンジョンコアがそんな感じなのは、別に危害を加えられていないからである。あの、やって来る探索者は全員お客様、みたいなノリのダンジョンであっても、ダンジョンコアが攻撃されたら防御するし、攻撃もする。自衛は大事だ。

ただ、そんな物騒な展開になることはなかったし、悠利の耳に入らなかっただけである。……ちなみに、エネルギーが有り余っている収穫の箱庭のダンジョンコアだと、バリアはもっと強固だし、ビームももっといっぱい強いのが出てくる。エネルギー格差は世知辛かった。

そんな風に会話をしている間も、ダンジョンコアはビームを撃っていた。ブルック達の身体能力なら攻撃を受けることはないだろうと解っているが、ちょっと気になって視線を向けた悠利は、思わず目が点になった。

「……何あれ……」

間抜けな顔で呟《つぶや》いてしまった悠利に罪はなかった。悠利は悪くない。目の前の光景が、ちょっと規格外過ぎただけである。

そう、ダンジョンコアはビームを撃っていた。お前等近づいてくんな、と言いたげに一生懸命ビームを撃っていた。そして竜人種達は当初、そのビームを避けていたのだ。見事な動体視力と反射神経で。

しかし、次第に面倒になったのだろう。ビームを撃っていようが気にせず突っ込んでいる。挙げ句の果てに、ビームを、素手で、払っていた。ぺしんと弾くような感じで。

「……何で、ビーム、弾けちゃうの……？」

「ユーリ」

「アリーさん、あの、あれ、何ですか……？　何で、あんなビームを、無造作に、素手で？」

「竜人種に常識を求めるのは、間違ってるんだ。獣人やヴァンパイアとは別次元で、色々おかしいからな」

「限度ってものがありませんか⁉」

大抵のことでは驚かない悠利《ゆうり》だが、それでも、知り合いが素手でビームを弾いていたら驚くに決まっている。しかも、無傷。全然ダメージを受けているように見えない。ダンジョンコア渾身《こんしん》の攻撃は、まるで鬱陶《うっとう》しい小バエのように払われている。なんてこったい。

そんな悠利の肩を、アリーはポンと叩《たた》いた。その顔は、諦《あきら》めろと言っていた。目の前の現実が全てだと言いたげに。

「アリーさん……」

「あいつも一応、普段はまだ人間に擬態してるからな……。流石に素手で剣を受け止めたり、溶岩の上を平然と渡ったりはしないから、皆も知らないだけだ。本当はあんな感じだ」

「規格外どころではないのでは？」

「そういう種族なんだよ」

長命種で、身体能力が高くて、戦闘特化と言われるような種族。話には聞いていたけれど、本当に存在そのものがデタラメである。竜人種って怖い、と悠利は思った。常識が通用しないという意味で。

「っていうか、剣が効かないのはもう諦めますけど、溶岩の上を平気で渡るってどういうことですか……？　まさか、暑い寒いにも抵抗が……？」

「多分竜人種は、空気が存在するならどこでも生きていける」

「正真正銘のトンデモ種族だった……」

それでもまだ、空気がある場所と限定されるだけマシだった。これで水中とか真空でも平気だとか言われたら、もう同じヒト種に括りたくなくなる。どう考えても別枠扱いだ。

……ちなみに、水中で呼吸は出来ないが、肺活量は普通に多いので、素潜りで結構な時間行動出来るという事実は、悠利の衝撃を考えて黙っているアリーだった。多分、一時間ぐらいは普通に潜っている。やっぱり竜人種怖い。

そんな風に悠利が竜人種の規格外っぷりに打ちのめされている間に、ダンジョンコアはビームを撃つエネルギーすら失ったらしい。ビームが飛んでいないので、視界をかすめていた光が消えている。

視線を向ければ、これで障害がなくなったと言わんばかりに、ダンジョンコアをフルボッコにしている竜人種三人の姿があった。もう武器を握るのも面倒くさくなったのか、全員素手と素足である。大きな水晶っぽいダンジョンコアが、ボコボコに殴られ、蹴《け》られ、弱々しく明滅しながら耐えている。

「……何だろう。物凄《ものすご》く弱い者いじめに見えてきちゃう……」

「でも、あいつ普通に性悪で性根腐ってる物騒思考だから、全然可哀想じゃないと思うぞ？」

「ウォリーさん、ダンジョンコアに対して冷たいですね」

「あっちも俺に対して冷たいから、お互い様」

にへっと笑うダンジョンマスターのお兄さんは、元々こういう性格だったのか、ダンジョンマスターになってちょっと枷《かせ》が外れたのか、謎だった。親しみやすくて楽しいお兄さんだが、時々こう、シビアでちょっとヒヤッとするものが見え隠れする。

ただまぁ、元々の性格であったとしても、不思議ではない。彼はダンジョン探索をするような冒険者だった。フレンドリーなお兄ちゃんという性質だけでは生き残るのは難しかろう。冒険者の世界は甘くないのだ。

それでもまぁ、悠利にとっては話しやすい楽しいお兄さんである。ダンジョン初心者の悠利の質問に、嫌な顔一つせずに色々と教えてくれる優しいお兄さんだ。お友達でもあるし。

「ところでウォリーさん」

「何だい？」

「あれ、止めなくて大丈夫ですか？　ダンジョンコア、滅茶苦茶《めちゃくちゃ》弱々しく明滅してますけど」

「まだ平気」

とてもとてもイイ笑顔だった。ちょっとぐらい身の危険を感じる程度にボコボコにされれば良いよね！　みたいなノリだった。そうすることで、物騒には物騒が返ってくるんだから方針を転換しようぜ、という流れに持っていきたいらしい。色々と強い。

確かに、ダンジョンコアが物騒な方針を考え直してくれれば、長い目で見て人々にとって恩恵がある。ダンジョンと王国が共生していけるようになれば、この地も発展するだろうし。

この土地が発展すれば、ここを領地として受け持っている第三王子フレデリックにも益があるだろう。アリー達がお世話になっている相手なので、その方の役に立つなら良いことだと悠利も思うのだ。年齢の近い王子様には、是非とも幸せでいてほしいので。

もうちょっとかなーとダンジョンコアの様子を窺《うかが》っているウォルナデット。その姿を横目に、全部終わったらお昼ご飯の準備した方が良いかな、とぼんやりと考える悠利だった。何だかんだでそろそろお腹が減ってきたので。

そして、ウォルナデットが止めるまでボコボコにされたダンジョンコアは、彼曰《いわ》く「ちょっとは反省したっぽい！」ということであった。……まぁ、因果応報です。多分。

閑話二　調査も終えて、ひとまずお別れです

簡単に終わるはずが何やかんやで騒動へと発展した調査依頼であるが、ひとまずは無事に終えることが出来た。……無事、ということにしておこう。ダンジョンコアがかなりボッコボコにされてしまったけれど。

昼食はのどかに終わり（悠利が学生鞄《かばん》にたらふく詰め込んでいた食料を皆で仲良く食べた）、情報のすり合わせも何となく終わって、そういう意味で一応、お仕事は完了である。フルボッコにされたダンジョンコアが弱々しく明滅しているが、まぁ、壊れていないし、休眠するほどではないので問題ないだろう。多分。

「協力感謝する。こいつだけじゃ、情報が足りなかっただろうからな」

「いや、気にしないでくれ。あたし達も、おかげでこのダンジョンの状況を知ることが出来て助かった」

「そうですね。私達だけでは、奥の状態を把握するのは難しかったでしょうし」

そう言って、ランドールは柔らかく笑った。笑ったが、目は全然笑っていなかった。相変わらずダンジョンコアへのお怒りは解けていないらしい。いやまぁ、そういう扱いを受けても仕方のないぐらいのことを、あのダンジョンコアはやってきていたのだが。

ブルックはロザリアとランドールがアリーと会話をしているのを、割とどうでも良さそうな顔で見ていた。幼馴染《おさななじ》み達を便利に使った形になるが、誰もそのことは気にしていないようだ。まぁ、だからこそ幼馴染みなのだろう。互いに気安いという意味で。

ウォルナデットはと言えば、調査依頼という真面目な話が終わったので、彼本来の目的を持って悠利に話しかけていた。

そう、ウォルナデット本来の目的、それは、ダンジョン内をコンセプトホテルにするに当たってのお試し宿泊の感想だ。使い心地はどうだったのか、改善点はあるのか、彼としては聞きたいことがてんこ盛りという状況なのであろう。

「それで、ユーリくん、泊まってみてどうだった？　何か足りないものはなかった？」

「良い感じに眠れましたよー。室温は快適ですし、ベッドのお布団はふかふかでしたし。何より枕！　柔らかくてもっちりして、首に負担がかからなくて最高でした」

「アレは自信作なんだ！」

自信作を褒められて、とても嬉《うれ》しそうなウォルナデット。お客さんにダンジョン内に宿泊してもらうと決めたときから、ウォルナデットは如何に快適に休んでもらえるかを追求していたのだ。快適ならばリピーターが来てくれるだろうという理由で。

そして、その快適さを追い求めた結果、彼は枕をふかふかでもっちもちの、良い感じの反発と形状記憶がされるような感じで作った。本来彼が生み出せるのは鉱石だけだが、ダンジョン内の装飾という範囲に収まったらしく、寝具や備品の類いは作れたのである。

勿論《もちろん》、布団にもちゃんと拘《こだわ》った。旅の疲れを癒《い》やしてもらえるように、敷き布団は厚みを持たせ、衝撃から身体を守るように作ってある。掛け布団は好みがあるだろうということで、厚手から薄手、ブランケットのような薄いものまで用意した。至れり尽くせりである。

それらは全て、内装に合わせた雰囲気で作られていた。悠利達が宿泊したのは中華風の部屋だったので、布団に施された紋様も、枕の縁取りも、中華風。異国情緒漂う鮮やかな紋様は、それだけで旅行気分を盛り上げてくれる。

「足りないものというと……」

「何かあったか？」

「んー、これは僕の個人的な意見なんですけど、お湯が沸かせる方が良いのかな、と」

「お湯？」

「起き抜けの一杯にお茶を飲みたくても、お湯が沸かせないと不便かなぁ、と」

「……なるほど？」

一応返事はしたものの、ウォルナデットはイマイチ解っていない感じだった。この辺のこだわりは、個人差があるだろう。悠利の場合はここでお湯は沸かせないかもしれないと思っていたので、自前で飲み物を色々と仕込んで持ってきていたが。

目覚めの一杯というのは、人によってはとても重要だ。もっとダンジョン周辺に店が増えれば朝から温かい食事を提供する店も出てくるかもしれないが、そもそも、身支度前に温かい飲み物をと求める気持ちがあった場合、どうにもならない。

勿論、本格的なキッチンを設置してくれと言うお願いではない。簡易コンロでお湯が沸かせたら良いなぁ、と思っただけだ。もしくは、飲食に適したお湯が出てくる装置が置いてあるとか。

現代日本ならば電気ポット置いといてください、と言えば終わるのだが異世界ではそうもいかない。万が一のことを考えて室内に火器を置かない方針も、納得は出来る。だから、これは本当に、悠利の「あったら良いなぁ」なだけである。

ウォルナデットも、どうするのが良いのかと悩んでいた。悠利の提案は、基本的にお客様をもてなすためだというのは彼も解っている。しかし、対応出来ることと出来ないことがあるのだ。さてどうするのが最善か、と大真面目に考え込んでいる。

そう、このダンジョンマスターさんにとっては、弱々しい光で明滅しながら何かを訴えかけてくるダンジョンコアよりも、未来のお客様のために客室のクオリティを上げる方が優先だった。……ダンジョンコアもいい加減諦めれば良いものを。彼はそういう性格である。

そこでふと、悠利はあることを思いついた。そんなことが出来るかどうかは解らない。ただ、聞いてみようと思ったのだ。

「ウォリーさん、セーフティーゾーンに泉があるじゃないですか、飲める泉」

「うん、あるな。基本の基本だから絶対に作らなきゃダメなやつ」

「アレの温度っていじれませんか？」

「温度……？」

何で？　と言いたげなウォルナデット。彼にとって件《くだん》の泉は、セーフティーゾーンを作るときに絶対に設置しなきゃいけない基本の備品、みたいな扱いだった。だから、それを改良するとかアレンジするとかが発想にないのだ。

「あの泉の水は飲める水ですよね？　それもとても美味しい」

「うん」

「アレの温度をいじって熱湯が出るようにして、こう、蛇口から出る形とかに出来たら、お茶を入れるのも簡単に……」

「お前は何をトンチキなことを言ってやがるんだ」

「イダダ……！」

ずいっと身を乗り出して力説していた悠利《ゆうり》は、背後から頭を鷲掴《わしづか》みにされて思わず声を上げた。毎度お馴染《なじ》み、保護者からのアイアンクローである。勿論、非戦闘員である悠利を気遣って、力加減はしてくれている。痛いものは痛いが。

あうあう、と訴えながらアリーの手を引き剥《は》がそうとする悠利。とりあえず確保とツッコミのためにもアイアンクローを止めないアリー。その二人の間で、オロオロしながら悠利の状態を窺《うかが》っているルークス。

……ルークスは悠利が大切で一番だと考えてはいるが、アリーのお説教に関しては何か意味があるのかもしれない、と待てが出来る賢い子である。悠利が痛がっていても、怒られる何かをしたのかもしれないと判断出来るルークスは、とても利口だった。

「お前は次から次へと、何でそんなアホなことばかり思いつくんだ」

「アホじゃないですー。火元は危なくて置けないっていうなら、最初からお湯を用意すれば良いと思っただけですぅー」

「それがアホだと言うんだ！」

確かに、悠利の発想は一歩間違えなくてもバカの発想かもしれない。火が置けないならお湯を出せば良いじゃない、みたいなノリだ。確かに水は蛇口を捻《ひね》れば出るようになっているが、それはダンジョンには飲める水が備わっているからに他ならない。

そもそもが、元は泉である。悠利達は知らなかったが、泉を作る要領で、各部屋に洗面台や流し台が設置されているだけなのだ。洗い物とか飲み水とかに使うために。

だいたい、泉から水を引っ張るだけならまだしも、温度を変えてお湯にしてしまえというのは、どう考えてもトンチキである。何でそうなった、とアリーが悠利にツッコミを入れるのは当然だった。

なお、割とアジトでよく見かける光景なので、ブルックは普通の顔で二人を見ていた。そして、ブルックがそんな反応なので、ロザリアとランドールも「あぁ、アレは彼らの日常なんだな」みたいな顔をしていた。間違ってはいないが、ちょっと世知辛い。

そんな中、ウォルナデットは無言だった。ダンジョンマスターのお兄さんは、静かに考え込んでいる。真剣な顔だった。とてもとても真剣な顔だった。

そして、しばらくして視線を悠利に向けたウォルナデットは、ゆっくりと口を開いた。

「それ、出来るかもしれない」

「本当ですか⁉」

「出来るのかよ！」

ぱぁっと顔を輝かせる悠利。脊髄《せきずい》反射でツッコミを入れるアリー。そんな二人に対して、ウォルナデットはこくりと頷《うなず》いていた。

「いや、今までアレを改良するとか考えたことがなかったけど、そういや今回、部屋に水を引くのに応用したなぁと思って」

「あ、あの洗面台とかってそういう仕組みなんですね」

「そう。だからあの水は飲めるよ」

「……お風呂《ふろ》も？」

「お風呂も」

自分達が昨夜使ったお風呂のお湯が、随分と良い感じだったのを思い出す悠利。飲んでも大丈夫なお水だったなら納得だ。しかも、とても美味しいお水である。贅沢《ぜいたく》なお風呂だった。

「お風呂は水を入れて、何か湯船が温まってましたけど、あの仕組みは？」

「アレは罠《トラップ》の応用。鉄板とかで火傷させる系統のを、弱い温度で仕込んでる」

「ウォリーさんの応用力が凄《すご》い」

あのお風呂、罠《トラップ》の応用で出来てたんだ、と悠利は思った。本当ならこういう暢気《のんき》な会話は、午前中にやっておくつもりだったのだ。ところが物騒ダンジョンの調査に赴いた途端にトラブルの連発だったので、今やっと出来ている。

「だから、その応用で水を引く途中にお湯にする箇所を作って蛇口を付ければ……」

「蛇口を捻って出てくるときにはお湯になってる……？」

「多分」

「わー、ウォリーさん凄いです！」

「試しておくな！」

まだまだ色々改良出来るぞー、みたいな感じで盛り上がる二人。アリーは頭を抱えていた。確かに宿は快適になるが、裏事情を知っていると色々とツッコミを入れたくなるのだろう。常識人は辛いよ。

他には何か改良点はないかな、と話が盛り上がる悠利とウォルナデット。より快適な宿に！　そしてお客さんをいっぱい呼んで、エネルギーをたっぷり手に入れて、更に良い宿にして、リピーターを増やす！　みたいなテンションだった。まぁ、目的としては間違っていないのだが。

……ウォルナデットの背後で、お前いい加減にしろよ、と言いたげにピカピカと明滅を繰り返しているダンジョンコア。物騒ダンジョンの方針では、因果応報として物理でブルック達に報復されると理解はしたようだが、それでもあまりにアレな方向に走るのは気になるのだろう。

ただし、ウォルナデットはダンジョンコアの訴えなど微塵《みじん》も気付いていないので、ピカピカ光っているのにさえ気付いていなかった。光が弱すぎて、多少明滅したところで、背中を向けている彼には解らないのである。

「あ、お部屋の鍵《かぎ》なんですけど、ただ建造物に合わせた鍵を渡すだけじゃなくて、部屋の番号とかが付いた札をセットにした方が解りやすいと思います」

「あぁ、それは気をつける。部屋にも番号付けないとな」

「間違えちゃいますもんね」

「うん、大事だな。気をつける」

部屋数が少ないのならば別にかまわないだろうが、あちこちの建造物に色々と宿屋用の部屋を仕込んでいるので、番号の振り分けは大事だった。第一、受付として働くのは彼ではない。軌道に乗ったら国から職員を派遣してもらう手はずなのだ。

何故そんなことをするかと言えば、ウォルナデットを自由に動けるようにしておかなければならないからだ。ダンジョン内で何かが起こったときに、彼は即座に駆けつけるのがお仕事である。お客様のトラブル解決はオーナーのお仕事だ。

盛り上がっている悠利達を眺めつつ、ブルックは微笑ましげな顔をしている幼馴染み達に声をかける。いつもの口調で。

「それで、お前達はこの後どうするんだ？」

「私は仕事の依頼が入っているから、ちょっと山奥へ」

「あたしは次の仕事まで暇だから、物見遊山に」

「なるほど」

仕事があるというランドールと、仕事まで暇だからリフレッシュしてくるという感じのロザリア。そんな二人の答えに、ブルックは口元に笑みを浮かべた。何だかんだで、人間のフリをするという面倒くさい状況ながらも、幼馴染《おさななじ》み達が楽しそうなのを理解したのだ。

彼ら竜人種《バハムーン》が人間のフリをするのは、騒動を避けるため。竜の姿を持つと知られれば、素材目当てで追い回される。勿論、そんな相手に後れを取ったりはしない。ただ、平和に静かに過ごすことは出来なくなる。

ウォルナデットのように、ミーハー一直線にキャッキャしてくるような反応は、どう考えても例外中の例外だった。驚愕《きょうがく》して距離を取るか、畏怖《いふ》するか、素材目当てで追い回すか。大抵はそういう反応だ。

……だからブルックは、自分の正体を知っても態度の変わらないアリーやレオポルドと共に旅をしていた。気兼ねなく仲間と呼べる相手だったからだ。そのアリーの付き合いで《真紅の山猫《スカーレット・リンクス》》に身を寄せている現状を、彼は悪くないと思っている。

人間の寿命など、長命すぎるほどに長命な竜人種にとっては瞬きのようなもの。その瞬きの時間を精一杯生きる人間達の傍らで、日々を楽しく過ごすのは悪くない。

それは、ロザリアやランドールも変わらない。彼らだって、何だかんだで人間に関わっている。冒険者として彼らが依頼を受ける相手は、大半が人間だ。命短き種族だが、多種多様な輝きを見せる人間と過ごすのを、悪くないと思っている証拠である。

「しばらくはこの国にいるのか？」

「あぁ。まだしばらくは」

「私もかな。君は？」

「俺も、まだしばらくはな」

「そうか。ならば、またどこかで会うかもしれんな」

「だな」

「そうですね」

　この国は広い。基本的に《真紅の山猫》のアジトを拠点にしてそこから動かないブルックと異なり、ロザリアとランドールは依頼の関係であちらこちらを飛び回るだろう。言うほど簡単に遭遇はしないはずだ。

　だが、彼らは長命種の中の長命種である。人間の物差しで測ってはならない。彼らにとってはこの広い国だって、竜の姿で飛べばすぐに移動出来るし、数十年なんてついさっきの感覚だ。そのうちどこかで会えるだろうと気楽に考えるのは、お互いが簡単に死ぬわけがないと知っているからでもある。

　だから、久方ぶりの、……それこそ、数百年単位での再会だというのに、彼らはあっさりしている。彼らにとっては久しぶりで終わる感覚。これからまた同じぐらいの歳月会えなかったとしても、何も気にならない。

「とりあえず、あの辺の話が落ち着いたら解散だな」

　ひょいと肩をすくめてブルックが示した先では、謎のテンションで盛り上がる悠利とウォルナデット、その二人に頭を抱えるアリー、皆が騒いでいるので楽しそうに笑っているルークスの姿があった。実に楽しそうな光景だが、多分、アリーは何一つ楽しくないだろう。お父さん、頑張ってください。

そんな彼らの視線に気付いたのか、不意に悠利がランドールに向けて声をかけた。

「あ、ランディさん、帰る前にお土産のラムレーズンのパウンドケーキ渡しますから、待っててください ね！」

「いくらでも待つよ」

「……食い気味で言うな」

満面の笑みを浮かべた悠利に、ランドールは優しい優しい微笑みで答えた。なお、台詞は悠利の台詞の語尾に完全に食い込んでいた。前のめりがすぎる。

そこでロザリアは、隣のブルックを見た。ランドールに土産としてラムレーズンのパウンドケーキが渡されると改めて認識した甘味大好き男は、……微妙に、ちょっぴり、不機嫌だった。

「……まったく、この二人は……」

呆《あき》れたように息を吐き出したロザリアに、男二人は反応しなかった。だからこそ彼女はますます盛大に溜息《ためいき》を吐くのだった。何年経っても変わらない幼馴染み達に呆れて。

そんなこんなで色々あった今回のお出かけも、楽しく賑《にぎ》やかな出会いと別れで彩られるのでした。

調査書はアリーがきちんと提出しました。お疲れ様です。

第三章　美味しいご飯は日常と共に

ツルムラサキ。夏の野菜で、しっかりとした茎と豊かな葉っぱを持つ野菜である。

少々アクがあるので、気になる人は茹《ゆ》でてから使うのが良いだろう。基本的な使い方はほうれん草や小松菜と同じ感じで良い。何故いきなりツルムラサキかというと、この野菜の最大の特徴である栄養抜群のねばねばを活かした料理を作ろうと思っているからである。悠利《ゆうり》が好きなこともあるが、ねばねばした食材は基本的に栄養があって元気が出ると思っているのだ。また、ツルムラサキは夏野菜、つまりは今が旬の野菜だ。旬の野菜は栄養豊富で身体にも良いので、これを使わない手はないと思った悠利である。

とはいえ、ねばねばを忌避せず、むしろ嬉々《きき》として料理に活用する民族はこの世界では少ないかもしれない。日本人は何だかんだでねばねば耐性が高いので、わりと美味しく食べているけれど。

納豆が苦手な人はいるだろうけど、オクラやめかぶ、なめこなどの単純にねばねばしているだけの食材はそこまで忌避されていない……と、悠利は思っている。

ただ、ここは異世界である。そして、食文化はどちらかというと西洋風。悠利が自分の好みの醤《しよう》油《ゆ》や出汁を使った料理を作っても美味しいと言ってくれるけれど、クランメンバーである仲間達に馴染《なじ》みがあるのは洋食の方が多い。

以前、夏バテ防止も兼ねて、ねばねばパスタ（とろろとオクラとめかぶを混ぜたやつ）を作ったときも、一瞬食べるのを躊躇《ためら》う仲間達がいた。気にせず食べる面々もいたが。

まぁ、最終的には何だかんだで食べていたし、食べ慣れていないだけで味付けは大丈夫だったようだ。全部盛りにしたのがいけなかったのかもしれない。ねばねばパワーがあまりにも強すぎたので。

そんなわけで、時々使っているねばねば野菜。ツルムラサキも例に漏れず、時々食卓に出ている。なので、使うのは問題はない。後は、味付けや調理法である。何にしようかな、と考える悠利。その背後に音もなく小さな影が現れた。

「……出汁……？」

「うわぁあああ⁉」

突然聞こえた声に悠利は驚いた。そりゃもう驚いた。何せ、気配が全然なかったし、足音も聞こえなかったのだ。その状態で背後から声をかけられたら、非戦闘員の悠利はびっくりするしかないのである。

飛び上がらんばかりの勢いで驚いた悠利は、ばくばくと早鐘を打つ心臓を押さえながら振り返った。そこには、声の主、マグが立っていた。

「……マグ、お願いだから、気配を殺したり、足音を消したりしながら近づかないで……。びっくりしちゃうから」

「……謝罪」

「うん、悪気はないのは解るんだけどね。でも本当に、君、いきなり現れるから……」

悠利を驚かせるつもりはなかったのだろう。マグは素直に謝った。ぺこりと頭を下げる姿には、申し訳なさが滲《にじ》んでいる。

まだ見習い組とはいえ、マグは暗殺者の職業《ジョブ》を持ち、隠密《おんみつ》の技能《スキル》を持っている。そのため、足音は消しがちだし、気配はよほどでないと自然と消している。悪気はない。癖なのだ。

とりあえず謝ったので話はおしまいとばかりに、マグはずいっと身を乗り出して口を開いた。圧が凄《すご》い。

「出汁」

「……味付けに出汁を使えと……？」

「出汁、美味」

「いや、それはそうなんだけど、だけどー」

うーん、と悠利は悩む。確かにマグの言う通り、出汁を用いた料理は美味しい。ツルムラサキのポテンシャルも出汁との相性は悪くない。煮浸しみたいにして食べても美味しいし、炒《いた》めても美味しい。

しかし、今の悠利の気分はさっぱりしたお料理を作りたい、なのだ。せっかくのねばねば食材である。夏バテ対策として、食べやすいさっぱり風味の味付けにしたいのだ。

じぃっと悠利を見つめるマグ。出汁を使えという圧が凄い。マグは出汁が入っていればそれで満足なので、とりあえず出汁を推してくるのだ。普通なら負けそうなその圧を、悠利は目を逸らして気にしないようにした。ここで負けると献立が出汁一色になってしまう。

「ツルムラサキは梅白和《うめしらあ》えにします」

「出汁？」

「梅白和えだって言ってるじゃない……。味付けの基本は梅干しだよ」

「出汁」

「はい、マグ、ツルムラサキを茹でるからお湯沸かしてー」

梅干し味は別にかまわないが、出汁はどこに使うんだ？　みたいなノリのマグの背中を、悠利はぐいぐいと押した。お鍋《なべ》よろしく頼むね、と笑顔で押し切り、自分はツルムラサキを洗うことにする。

仕事を与えられれば、マグはきっちりそれを行う。その辺は彼の職人気質なところが良い感じに働いているのだろう。マグは、鍋に水をたっぷり入れると、コンロの上に載せてお湯が沸くのを待っていた。

悠利は、ツルムラサキを水洗いし、手早く茎と葉に切り分ける作業を行っていた。何でもそうなのだが、葉っぱと茎の部分では火の通る時間が異なるので、別々に茹でるか後入れする方が良いのだ。今回は後入れにするつもりである。

茹でる前の下準備が終わったら、お湯が沸くまでの間に豆腐の下準備だ。下準備と言っても、難しいことはない。水に浸していた豆腐をボウルから取り出して、水を切るだけである。ただし、そこまで念入りに水は切らない。

これが揚げ出し豆腐を作る、とかだったら布巾《ふきん》にくるんでしっかりと水気を取っただろう。今日はそこまでの必要はなく、斜めにしたまな板の上に置くだけで大丈夫だ。

お湯が沸いたら、そこに塩をひとつまみ入れて、まずは茎の部分を投入する。しばらくして、茎に火が通ってきたなと思ったら、葉っぱを投入。鮮やかな緑に色付くのが目に楽しい。

茎も葉っぱも火が通ったら、ザルにあげて水を切る。そして、そのまま粗熱を取るために冷ましておく。……なお、悠利は眼鏡が曇るので、鍋を運んで中身をザルにざぱっと入れるのはマグが担当してくれた。眼鏡の弱点はどうにもならない。

「それじゃあ、ツルムラサキが冷めるまでの間に、味付けの準備をします」

「梅干し」

「うん。種を取った梅干しを叩《たた》きます」

「諾」

これがいるんだろう？　とばかりにマグは梅干しの入った壺《つぼ》を持ってきた。なお、口に出さないだけで出汁は使わないのか、と思っているのはバレバレだった。目がちょくちょく訴えてくる。

それを右から左にスルーして、悠利は梅干しを叩いていく。包丁の背で潰《つぶ》すようにして種を取り出して、後はみじん切りの要領で刻んでいくだけである。なお、種は後ほどお茶漬けにしたり、お湯に入れて飲んだりする。種の周りの梅肉全てを包丁で取るのは無理なので。

梅干しを叩いたら、それをボウルに入れる。梅干しだけでは混ぜにくいので、ここで調味料を追加するのだ。

「……マグ」

「……？」

「無言で昆布出汁持ってくるのは止めて。入れないから」

「……諾」

叩いた梅干しを伸ばすならこれだろう！　と言わんばかりに冷蔵庫から備蓄してある昆布出汁を持ってきたマグは悠利にあっさりと切り捨てられ、ちょっとだけしょぼくれた。それでも大人しく片付ける程度には、彼も成長していた。一応。

そんなマグを見て、悠利は苦笑する。マグのご希望には添えないが、それでも寄り添うことは出来る。

「マグ」

「……？」

「そっちのだし醤油取ってくれる？」

「諾！」

笑顔で告げられた言葉に、マグは素早く動いた。返事も早かった。物凄く早かったし、物凄く大きかった。やる気に満ちていた。

悠利に言われてマグが手に取ったのは、だし醤油。厳かにだし醤油を差し出すマグ。……別にだし醤油はそんなに凄い何かではないのだが、出汁を愛するマグとしては出汁の入った醤油と言うことで上位に属する調味料なのだろう。多分。

叩いた梅干しを混ぜやすくするため、また、梅干しの酸味を和らげるために悠利はだし醤油を入れる。ただし、あくまでもメインの味付けは梅干しなので少量だ。ドバドバと入れるようなことはしない。

しっかりと混ぜ合わせたら、味見をする。ここに豆腐とツルムラサキが入るので、味は濃いめで大丈夫だ。もっとも、もし薄かった場合は、全部混ぜてから調味料を足すことは出来るが。

梅干しの酸味をだし醤油の風味が和らげてくれているのを確認すると、悠利はじぃっと見てくるマグにも味見をさせた。まだ具材を入れていないので味が濃いはずだが、出汁の風味を堪能出来て満足なのか、マグの機嫌はとても良かった。

「それじゃ、ツルムラサキを切るよ。まず水気を切ってから、食べやすい大きさに切ってね」

「諾」

「だいたい、お浸しとかで茹でてるときや炒めたりしてるときの感じで良いから」

「諾」

目安となる長さがあるのなら、マグの行動は早かった。ギュギュッとツルムラサキを絞って水気を切ると、慣れた手付きで切っていく。同じ長さに切るのは彼の得意技である。良い感じにツルムラサキは切られていった。

マグが切ったツルムラサキを、悠利はもう一度ギュッと絞る。あまり絞りすぎると旨味が逃げるのでほどほどにするのがポイントだ。ただし、ここで絞っておかないと、混ぜたときに余計な水分が出てしまう。地味に必要な作業である。

大きな状態で絞っただけでは、水気は完全には取れない。だから、切った後にもう一度絞るのだ。力を込めると形が崩れてしまうので、そこの加減は大事だが。

ツルムラサキはねばねば食材なので、そうやって絞るとぬめりのある水分が指の間を流れる。このぬるっとしているのが栄養でもあるので、ほどほどに絞ったツルムラサキをまな板の上に戻した。

切り終えたマグも同じように絞る作業を手伝ってくれる。何せクランのメンバーが多いので、多めの量を作らなければいけない。こういう地道な作業も結構手間なのだ。

「よし、水気が取れたら、後は混ぜるだけ。まずは豆腐を入れます」

「丸ごと？」

「ううん。こう、ボウルの中で潰す感じで……」

マグに告げて、悠利はざっくりと水気の切れた豆腐を手に取った。ボウルの中で豆腐を握る。あまり高い位置だと落ちたときに跳ねるので、なるべく下の方で握るのがコツだ。ぎゅうっと握られた豆腐は、悠利の指の間からぐにゅりと押し出されるようにして落ちた。

調味料の上に豆腐は落ちたが、まだ混ざるというより大きな豆腐の固まりが載っているような感じだ。その落ちた豆腐を、悠利は再びぐちゃっと握る。ほどよく食べやすい大きさに崩れた豆腐が、梅干しとだし醤油の上へと再び落ちていった。真っ白の隙間から濃い色が見える。

「豆腐を崩したらスプーンで軽く混ぜて、梅干しと混ぜます」

「諾」

「あんまり強く混ぜると豆腐が粉々になるから、そこは気をつけてね」

「諾」

手を洗う悠利《ゆうり》に注意事項を聞かされながら、マグが大きめのスプーンでボウルの中身を混ぜている。真っ白だった豆腐に梅干しとだし醤油の色が付いて、これはこれで美味しそうだった。

実際、これだけでも食べることは可能である。豆腐と醤油は合うし、梅干しも合う。崩し豆腐の梅和えという感じだろうか。……なので、途中でマグの手が止まった。コレは美味しいのでは？と気付いたからだ。

そして、そんなマグの反応を悠利は理解している。正確には、予想していたというべきだろうか。マグだしなぁ、という感じで。

「マグ、食べちゃダメだよ。ツルムラサキ入れるから」

「……美味？」

「今のままでも美味しいのは美味しいだろうけど、ダメです」

「……諾」

美味しそうなのに、みたいな反応をしたマグだが、とりあえず大人しく従った。ここで悠利に逆らっても美味しいものは与えられないと知っているからだ。一応学習はしている。

そんなマグに苦笑しつつ、悠利はボウルにツルムラサキを入れていく。しっかり丁寧に水気を切ったツルムラサキの緑が、豆腐の白と梅干しの赤に映えた。

「これ以上豆腐を潰さないように気をつけて、ざっくり混ぜます。これ以上崩れちゃうと、食べにくいからね」

「諾」

「そうそう、上手上手」

全体が混ざるようにざっくりとスプーンを動かすマグ。豆腐を潰さないように気をつけつつ、後から入れたツルムラサキに豆腐と梅干しが絡むようにしている。そうすると、三色入り乱れた状態になり、目にも楽しい。

綺麗《きれい》に混ざったら完成だ。これ以上、味付けをする必要もない。味見をして、問題なければ盛り付けるだけである。

「それじゃ、味見してみようか」

「諾」

「……わー、動き速いー……」

悠利の言葉を聞いた瞬間、マグは実に素早く動いた。味見をするなら小皿が必要だろう、という感じで食器を取りに行ったのだ。戻ってきたときには、二人分のお箸《はし》も持っていた。準備万端すぎる。

「味見だからちょっとだけだよ？」

「諾」

念押しするように言われたマグは解っている、と言うようにこくりと頷《うなず》いた。そして、ボウルから小皿に移されたツルムラサキの梅白和えを見ている。

どうぞ、と示されて、マグはそろりとツルムラサキを箸で掴《つか》んだ。豆腐と梅干しが絡んだ状態で、口に入れる。入れた瞬間に感じるのは豆腐の風味と梅干しと醬油《しょうゆ》の味だ。ただ、先ほど味見をしたときよりは味が薄くなっているので、良い感じのバランスになっていた。

続いて噛《か》めば、豆腐の風味をより強く感じ、そこにツルムラサキの存在が生きてくる。味自体はそれほど強い野菜ではない。調味料の味付けを上手に受け止めてくれる印象がある。ねばねばの食感も健在だった。

かといって、刻んだときのように強い粘り気があるわけではない。ただの水分とは違う粘性を含んだ水気が、調味料の味をぎゅっと包み込んで良い感じに調和させるのだ。葉っぱの部分も肉厚で柔らかく、茎は歯応えがありながら柔らかさも感じさせた。

豆腐と梅干しと醬油の味を、ツルムラサキが受け止めて包み込んで一つのものにしている。そんな印象を与える味わいだった。そして、梅干しの酸味でさっぱりとしている。さらには豆腐がまろやかさを生み出しているので、実に食べやすかった。

「美味」

「お口に合って何よりです。じゃ、盛り付けしようね」

「美味」

「味見にお代わりはありません！」

これとても美味しい是非ともお代わりを、と言わんばかりのマグに悠利はきっぱりと言い切った。お代わりはないと言われたマグはしばらく無言だったが、少しして大人しく作業に戻るのだった。

まぁ、いつものことです。

そして、昼食の時間。ツルムラサキの梅白和えは、何だかんだで皆に好意的に受け入れられていた。

この辺りではあまり馴染《なじ》みのない食材である豆腐だが、悠利がしょっちゅう味噌汁《みそしる》に入れて使うので皆にも馴染んでいたのだ。また、梅干しは酸っぱくて苦手だが、梅味の料理は意外と皆の口に合うので、今日の料理もそんな感じだった。

暑い季節はどうしても食欲は低下するが、さっぱりしたものや酸味のあるものは意外と食べやすい。その上、今日は豆腐でまろやかに仕上がっているので食べやすさがパワーアップしているようだ。

「不思議な感じだけど、美味しいねぇ、これ」

もぐもぐとツルムラサキの梅白和《うめしらあ》えを咀嚼《そしゃく》しながら口を開いたのは、レレイ。大食い肉食女子の彼女だが、割と何でも美味しく食べるし、ねばねばも忌避せず食べるタイプなので、躊躇《ためら》いなく大口でかっ込んでいる。

「喋《しゃべ》るのは口の中のもんを飲み込んでからにしろ」

「ふぁい」

はぁ、と呆《あき》れたように溜息《ためいき》をつきながらクーレッシュがツッコミを入れれば、レレイは素直に返事をした。今度は口の中にご飯をたっぷり詰め込んだ後なので、返事がもごもごしていたが、一応話は通じたらしい。言葉にしない代わりに、顔面で美味しいよと伝えてくる。

レレイは反応がとても解りやすいが、それ以外の皆も美味しそうに食べてくれている。良かったと悠利は思う。大食い組は放って置いても食べるが、食の細い組が美味しそうに食べてくれると一安心なのだ。

「しかしこれ、変わった料理だよな。豆腐ってこんな風に潰して使うのもアリなのか？」

「うん。白和えって言う料理があるんだよ。下味を付けて茹《ゆ》でた青菜に豆腐を混ぜる料理。他の具材を入れたりもするけど」

「へー」

白和えという料理はあるが、地域によって味付けが異なったりする。味噌《みそ》を入れたり、砕いたクルミを入れたり、料亭などなら柚《ゆず》が入っていたりするらしい。ただ、白和えと呼ばれる料理の共通点は、豆腐と和えていることだ。

それも、潰《つぶ》して濾《こ》した豆腐と和える料理である。悠利は面倒だったのでとりあえず手でぐちゃっと潰すだけにしたが、丁寧に作るなら潰して裏ごしして、みたいな手間がかかるらしい。お家ご飯なのでゆるっと作る悠利だった。

「で、これは梅干しが入ってるから梅白和えってことか？」

「そうそう。普通の白和えも美味しいんだけどね。梅味にした方がさっぱりして食べやすいかなぁと思って」

「まぁ確かに。暑い日はさっぱりした料理が良いよな」

悠利の言葉に、クーレッシュは納得したように頷いていている。彼は年齢相応に食べるが、それでも暑い日はちょっと食欲が落ちるな、と感じることもある。だから、食欲がなくても美味しく食べられるようにと、悠利が色々と考えて料理を出してくれるのを好ましく思っているのだ。

ツルムラサキの独特の食感に、梅白和えにしたことで食べやすいさっぱりとした味付け。梅干しとだし醬油が互いの良さを引き出し、豆腐が全てを包み込む。大豆の旨味がぎゅっと濃縮された豆腐は、崩されていても存在感を失っていないのだ。

「これ美味しいけど、あんまりねばねばしてないね」

「刻むともっとねばねばするけどね。これぐらいの方が皆は食べやすいかなと思って」

「あたし、刻んだのも好きだよ！」

「お前は基本的に何でも好きだろ……」

にかっ、と満面の笑みを浮かべるレレイ。それに呆れたように被さるクーレッシュのツッコミ。実に正しいツッコミだった。レレイは大体何でも美味しいと言って食べる。ただし、そんな彼女でも美味しくないと思うときもあるので、何でもかんでも美味しいわけではないのだ。一応味覚は仕事をしている。

わちゃわちゃ賑《にぎ》やかに騒いでいる悠利達三人を横目に、ジェイクは幸せそうにツルムラサキの梅白和えを食べていた。食の細い学者先生は、さっぱりとした梅の味付けがお気に召したらしい。

というか、彼はそもそも《真紅の山猫》《スカーレット・リンクス》では少数派の梅干しそのものを好むタイプだった。今のところ、悠利と実家が梅農家のアリー以外だと、ジェイクとヤクモぐらいしか梅干しをそのままで喜ぶメンツはいない。ヤクモは食文化が和食っぽいところで育っているので、梅干しはむしろ慣れ親しんだ故郷の味である。

ただ、地域によって梅の種類や漬け方が違うらしく、故郷の梅干しとは若干風味が違うとは言っていたが。それでも梅干しは梅干しなので、あの和装の落ち着いたお兄さんに提供しても喜ばれるだろうなと思う悠利だった。

「けどこれ、何で豆腐で和えたんだ？　さっぱりさせたいなら、梅干しと醤油で味付けするだけでも良かっただろ」

美味しくツルムラサキの梅白和えを食べつつも、クーレッシュが気になったことを口にする。確かに、梅味にするなら豆腐がなくても良いだろう。それも美味しいはずだ。

そんなクーレッシュに、悠利はさらりと答えた。さらりと。

「豆腐を入れた方が栄養価が高いからだよ」

「へ？」

「豆腐は大豆の栄養がぎゅっと詰まった食材だからね。少ししか食べられなくても、色んな栄養が摂れたら良いなって思って」

にこにこ笑う悠利。正しい栄養学は知らないし、学校の家庭科で学んだ程度の知識しかない。それでも、単一の食材だけでは栄養は補えないし、大豆が栄養価の高い食材であることも、豆腐がそのパワーを引き継いでいることも何となく知っていた。

だから、食が細い面々でも複数の栄養が摂れたら良いなぁ、と思って梅白和えにしたのだ。ツルムラサキにも栄養はたっぷりあるので、この一品でそれなりに栄養が摂れるだろうと思って。

そういった意味の説明を簡単にした悠利に対して、クーレッシュは驚いたように軽く目を見張っていた。お料理大好きで、美味しく食べたいし食べてもらいたいというオーラを隠さない悠利。その美味しく食べてほしいという中に、ちゃんと食べて元気でいてほしいという思いが詰まっているのを再確認したからだ。

そう、再確認だ。

普段から悠利は、食べる人の健康を気遣っている。苦手な食材を無理に食べろとは言わない。けれど、身体が資本の冒険者達に向けて、食べることが健康に繋《つな》がるのだと何くれとなく伝えてくるのである。

きちんと食べて栄養を摂り、しっかり休むのが健康の第一条件。実に簡単なそれが、悠利のモットーである。

「クーレ？　どうかした？」

「いいや。お前はお前だなぁって思っただけ」

「……？」

何それ、と首を傾げる悠利にクーレッシュは、何でもないと笑った。当人は普通のことだと思ってやっている。凄《すご》いことだとか、偉いことだとか、大変なことだとか、何も考えていない。そんな悠利だから、今日の食事も美味しいのだろう。そんなことをクーレッシュは思った。

さっぱり美味しい梅白和えは皆に好評で、特に小食組から暑い日でも食べやすいと喜ばれたのでありました。多分また何かで作るのでしょう。

◇◇◇

「やっぱりこう、野菜も食べてもらうべきなんだよね」

真剣な顔で呟《つぶや》く悠利《ゆうり》。その言葉は、ある意味とても切実であった。何がどう切実かと言えば、お肉大好き食べ盛りの皆さんのお話である。

《真紅の山猫》の面々は身体が資本の冒険者。一部の小食組を除けば、魚や野菜よりもお肉が大人気だ。勿論《もちろん》、野菜のおかずも文句を言わずに食べてくれる。食べてはくれるが、明らかに肉の方が食いつきが良いのである。

バランスを考えると、やはり肉を食べたなら野菜もしっかり食べてもらいたいというのが悠利の本音だ。それだけではなく、大食いの皆さんが喜ぶようながっつりお肉のおかずは、小食組の胃には攻撃力が高すぎる。両者を満足させるおかずを作りたいのだが、そこが難しかった。

肉と野菜を食べられて、ボリュームはあるけれど小食組でも美味しく食べられるおかず。何かないかと記憶の中のレシピを一生懸命探す悠利なのである。しかし、なかなか見付からない。

「ユーリ、何唸《うな》ってんだ？」

「あ、カミール。夕飯の献立何にしようかなって思ってー」

「それでそこまで悩んでんの珍しいな」

ひょいっと姿を現したのはカミールだった。食堂スペースで唸っている悠利を見つけて、気になったらしい。ちなみに彼は本日の料理当番である。ただし、作業に入るまではまだ少し時間があるので、別に遅刻してきたわけではない。

先ほど、カミールが悠利に投げかけた言葉は正しい。確かに、毎日毎食の献立を考えるのは大変だ。それでも、悠利はあんまり深く考えずに手元にある食材とか、食べる人のことを考えて料理を決めている。こんな風に真剣に悩んでいるのは珍しいケースだ。

「メインディッシュに悩んでるんだよー。お肉にしようとは思ってるんだけど、野菜も食べてほしいし、大食い組が満足するのにすると小食組が胃もたれしちゃうし……」

「あー……。今日は珍しく全方位が満足する感じを目指してんのか」

「だって、今日の夕飯全員集合なんだもん」

「なるほど」

何で悠利がそこまで悩んでいるのかを理解したカミール。全員集合というのなら、せっかくなので全員を満足させたくなったらしい悠利であった。

なお、《真紅の山猫》は初心者冒険者をトレジャーハンターに育成するためのクランなので、仕事や修行で全員が揃《そろ》わないことなんて普通だ。指導係が特別な依頼を受けて出掛けることもある。常にアジトにいるのは悠利と見習い組ぐらいだろう。

だから、全員が揃うときには皆が喜ぶご飯を作りたいと悠利は思うのだ。人数が少ないときは、居合わせた面々が喜ぶ料理を作ろうとする。そういう感じに自分で目標を設定しているのだが、今日はハードルが高くなってしまっているのだ。

「肉と野菜なぁ……。具だくさんスープみたいな感じで肉も野菜も入ってるのは美味いけど、アレは別に食事が進むおかずって感じではないしな」

「汁物はメインディッシュにはならないからねぇ……。麺類《めんるい》でも入ってたら別だけど」

「分かる。パスタとかうどんとか入ってると満足感が違う」

「でもそれは僕が考えてるメインディッシュじゃないから、今日は違うんだよぅ……」

「頑張れ」

「うぅ……」

カミールは料理をそこまで知らないので、これは悠利が考えなければいけないことである。とりあえず手伝えるかと考えて、冷蔵庫の中身を確認してみるが、やっぱり何も思いつかない。

「天ぷらとかなら、肉も野菜も食えると思うけど」

「天ぷらも悪くないんだけどー。うー、何かもうちょっとパンチが欲しいというかー」

「……何で今日に限ってそんなこだわり強くなってんだよ……」

あんまり悩んでると調理する時間が足りなくなるぞ、とツッコミを入れつつ、とりあえず出来ることをやろうと下準備に入るカミール。昼食後に洗った道具を片付けたり、作業しやすいように邪魔なものを片付けたりしている。色々と手慣れていた。

しばらくうんうん唸っていた悠利だが、ハッと閃《ひらめ》いたように顔を上げた。何か思いついたんだな、とカミールは思った。

「ロールカツを作ろう」

「ロールカツ？　揚げ物？　大丈夫なのか？」

「大丈夫。ロールカツは薄切り肉で野菜を巻いたものをカツにするから、ほぼ野菜！」

「……なるほど？」

自信満々の悠利に、そういうもんかなと、とりあえずは納得したカミール。料理の全体図が想像出来ていないので反応は緩かった。

作るものが決まったならば、悠利の動きは素早かった。必要な食材を準備して、さぁ始めようとばかりに満面の笑みである。さっきまで唸っていた人物とは思えない。

「まず、野菜の準備をしたいから、人参とジャガイモの皮を剥《む》いて、インゲン豆は筋取りをします」

「りょーかい」

野菜の皮むきは慣れたものだし、インゲン豆の筋取りも別に困るほどではない。二人で手分けをすればすぐに終わる。

皮が剥けたら、人参とジャガイモは千切りにする。どちらもまずは少し厚みのある状態にスライスし、それを重ねて細く切ることで千切りになる。ただし、千切りとは言っても細かいものではなく、野菜炒《いた》めなどで食べて食感が残る程度の太さである。

「あんまり細いと茹《ゆ》でたときに崩れちゃうから、ほどほどで。特にジャガイモ」

「解る。ジャガイモは茹でると何か崩れる」

「崩れるのは火を通しすぎてるからだけどねー」

あははは、と笑いながら二人で食材を切る。ちなみにインゲン豆は筋取りをしたら茹でるだけなので便利だ。大きさを揃えるのは茹で終えてからで十分である。

人参とジャガイモが切れたら、インゲン豆も含めてそれぞれ茹でる。沸騰したところに塩を入れたお湯で茹で、崩れない程度を見極めて引き上げる。……特にジャガイモは要注意です。

茹で上がった野菜はザルに入れて水気を切る。粗熱を取って冷ます間に、肉の準備に取りかかる。段取りは大切である。

「この野菜を肉で巻くんだけど、野菜が冷めるまでお肉の準備をします」

「肉の準備って？」

「今日使うのはオーク肉の薄切りなんだけど、下味に塩胡椒《しおこしょう》をします」

「なるほど」

薄切りのオーク肉は、食べやすいようにお肉屋さんでカットしてもらったものである。焼いて食べるのに丁度良い感じのサイズだ。

その肉をまな板の上に並べていく。重ならないように並べるので、まな板は複数枚必要だ。丁寧に肉を並べたら、その上へ塩胡椒を振りかけるのだ。今日はハーブ系のものは使わない。

「普通の塩胡椒だけで良いのか？」

「うん。ロールカツにするし、野菜の味も入るからね。もの足りなかったら食べるときに追加してもらう感じで」

「はいよ」

せっせと並べた肉の上に、悠利が塩、カミールが胡椒を振りかけていく。二人いると手分け出来るからちょっと楽が出来る。なお、あくまでも下味なのでどっさりとかけるようなことはしない。配分は大事だ。

「お肉に塩胡椒が出来たら、お肉の上に野菜を置いて巻きます」

「オッケー。あ、インゲン豆はどうすんだ？」

「良い感じの長さに折ります」

こんな感じで、と悠利はポキッとインゲン豆を折った。茹でたことで多少柔らかくなっているが、それでも力を入れれば折ることが出来る。

ちなみに、茹でる前に折らなかったのは、旨味が逃げるような気がしたからである。先に切っておかないと形が崩れる人参やジャガイモと違って、インゲン豆は後からでも欲しい長さに調整出来るので。

適量の野菜を肉の手前の方に置いたら、端から肉で包むように、くるくると巻いていく。生肉はぺたりとくっつくので、ぐるりと巻き終えてから押さえればバラバラにはならない。

念のため巻き終えた後は、巻き終わり部分を下にして置いておく。肉が乾燥して剥《は》がれるのを防ぐためだ。

「こんな感じで、全部巻きます」

「解った。……微妙に手間だな。この後、衣も付けるんだろ？」

「……まぁ、手間は手間かな。でも美味しいよ」

「美味いなら良いや」

くるくると肉で野菜を巻きながら、カミールはあっさりと言い切った。そう、手間がかかるのは面倒くさいが、その先に美味しいご飯が待っているなら頑張れるのだ。それは《真紅の山猫》《スカーレット・リンクス》の面々の共通認識みたいなものになりつつあった。

二人がかりでも皆が満足して食べられる量を巻くのはかなり大変だった。それでも、彼らは頑張った。美味しいご飯のために、一手間かけるのは仕方ないことなのだと。

全て巻き終えれば、次は衣を付ける作業。こちらはカミールも慣れていて、小麦粉を付けるときも、余分な粉を落とす手付きは安定していた。ちなみに悠利は、左手で卵液、右手でパン粉を担当している。二人しかいないのでこういう配置なのである。

そうして衣を付けたら後は揚げるだけだが、まずは、味見用からお試しで揚げる。ちなみに、味見用以外は何を巻いたか解るように、衣を付けた後に別々の皿に種類別に並べてある。

「さてカミール、味見に一つ揚げるけど、どれが良い？」

「んー、人参」

「オッケー」

どれも美味しそうではあったが、とりあえずリクエストは人参に決まった。適温になった油にそろりと入れると、バチバチと音が鳴る。

最初の頃は揚げ物にビクビクしていた見習い組も、今では慣れたものだ。今も、音を立てるロールカツを見つめるカミールの表情は落ち着いていた。

しばらくして、ロールカツの周りに出る泡が細かくなる。それと同時に、バチバチという音も小さく、軽やかなものへと変わる。良い感じに火が通ったタイミングだ、と悠利は人参のロールカツを引き上げる。

こんがりキツネ色に揚がったロールカツ。ころりとした見た目は、小ぶりに作ったコロッケのようでもある。パン粉の衣に隠れて人参の色味はうっすらとしか見えない。

油を切ったロールカツをまな板の上に置き、包丁で半分に切る。ザクッという小気味良い音が鳴った。包丁で切られた断面は、火の通った優しい色合いのオーク肉と、鮮やかなオレンジが眩《まぶ》しい人参が綺麗《きれい》だった。

「おぉ、確かにほぼ野菜。でも色が綺麗だな」

「とりあえず味見してみて、薄かったらソースとかかける感じの方向で」

「解った」

いただきます、と二人仲良く食前の挨拶《あいさつ》をしてから熱々ホカホカのロールカツを口へと運ぶ。

サクリとしたパン粉の食感が最初に伝わる。続いて、薄切りを巻いて重ねたことでジューシーさが増した肉の旨味。最後に、一度茹でてあるからこその柔らかさと甘みを宿した人参が自己主張する。

味付けは下味に塩胡椒をしただけなので、少し薄いかもしれない。濃い味を好む面々は、ここにソースをかけて食べる方が好きそうだ。しかし逆に、ほどよく野菜の甘みを感じられる味付けなので、小食組にはこのままで喜ばれそうだった。良い感じの仕上がりである。

確かにほぼほぼ野菜なのだが、ロールカツになっているので満足感がある。カリッと揚がった表面の食感も、旨味をギュギュッと濃縮した肉の味わいも、優しく包み込むような人参の仄《ほの》かな甘さも、何とも言えず絶妙のバランスだった。

「んー、良い感じ。僕はこのままで良いかな。カミールは？」

「このままでも美味いけど、俺はソースとかかけたいかも」

「満足感はどう？」

「ほぼ野菜なのにめっちゃ肉って感じがする。何でか解らないけど」

「揚げてるからかな？」

「かなぁ？」

二人で顔を見合わせて笑う。何はともあれ、これが美味しいということは判明した。ならば彼らがやることはただ一つ。……皆の分のロールカツを揚げることである。

勿論《もちろん》、ロールカツを作りながら他のおかずも作る必要がある。揚げ物をしながら他の料理の準備に取りかかる二人なのでした。


そんなこんなで、夕飯の時間。勢揃《せいぞろ》いした《真紅の山猫》の面々は、それぞれのテーブルに大皿でどーんと盛られた揚げ物に興味津々だった。

というのも、何故か綺麗に大皿の中で区分けがされているからである。それは勿論、中身が違うロールカツを解りやすいように配置したからに他ならない。

「これはオーク肉で野菜を巻いたロールカツになります。一応下味は付いてますが、薄いと感じたら各自お好みで調味料をかけて食べてください」

悠利《ゆうり》のざっくりした説明に、皆はこくりと頷《うなず》いた。こういうパターンはよくある。味の好みは千差万別なので、最後に手元で調整出来るパターンにしておくのは、割とよくあることなのだ。何せ、年齢も種族もバラバラな仲間達なので。

ロールカツの中の具材が何か解るように、区分けされた部分にはそれぞれの元の具材が置いてあった。これは、後から別で茹でたもので、人参とジャガイモは輪切り、インゲン豆は特に折りもせずにそのままである。

どうするのが解りやすいだろうかと考えた結果、中身の野菜を置いておけば良いのでは？という結論に落ち着いたのだ。何せ、テーブルが複数に分かれているので、各々で判断してもらえるようにしておく必要があったのだ。

最初にその説明をしておけば、後はお皿を見て自分達で確認してもらえる。ヘタに色を変えるとか凝った方法にするよりも、単純明快で解りやすいのだ。

いただきます、という実に元気な挨拶と共に、各テーブルで食事が開始される。カミールがいる見習い組のテーブルは、作った本人がいるのでどんな感じなのかの説明も交えながら盛り上がっていた。

主に、カミールが如何に手間がかかったかを主張している。そもそも揚げ物というだけで準備が大変なのを解っている見習い組の面々は、カミールの発言に異論を挟まない。野菜を茹でて、肉で巻いてから油で揚げるなんて、どう考えても手間である。

しかし、その手間をかけた甲斐《かい》あってとても美味しいのだと、カミールは胸を張る。試食で食べた人参だけでも美味しかったので。後は、試食で食べていない分を食べるだけだ。

「お肉が薄いから、噛《か》み切《き》りやすいですね」

そんな言葉を発したのは、ティファーナだった。指導係のお姉様は、食欲はそこまで旺盛《おうせい》ではなく、年齢や外見通りの普通の食欲というところだろうか。身体が資本の冒険者なので、食べることの大切さは理解している。

彼女が食べていたのは、インゲン豆のロールカツだった。言葉の通り、一口囓《かじ》った跡がある。ロールカツの見た目は分厚いが、その大半は茹でた野菜。肉も薄切りなので、重なっていたとしても簡単に噛み切れるのだ。

おかげで、一口が小さい面々も苦労せずに食べることが出来る。囓った瞬間に口の中に広がるインゲン豆の水分に、ティファーナは満足そうに微笑んでいる。豆は結構侮れない旨味の持ち主である。

サクサクとした衣の食感も、しっとりジューシーに仕上がっている肉も、インゲン豆の柔らかくありながら存在感を感じさせる味わいも、何もかもが調和して口の中を楽しませてくれる。下味の塩胡椒だけでも、彼女にとっては満足出来る味わいだった。

そんなティファーナと対照的に、ソースをかけたジャガイモのロールカツを一口でばくりと食べているのはリヒトだった。作りやすい大きさで悠利達が作ったロールカツは、成人男性ならば一口で食べられなくもないサイズだった。

口の中で豪快に噛んでも、決して不快にはならない。全体的に柔らかいので、簡単に噛むことが出来るのだ。そして、口の中に全てを入れているからこそ、じゅわりと滲《にじ》む旨味が混ざって美味しさを強調してくる。

肉の旨味、揚げられたパン粉の香ばしさ、ジャガイモの甘み。それらを更にワンランク引き立てる、ソースの味わい。濃厚な旨味が口の中で広がり、自然と箸《はし》が大皿へと伸びる。

「比率でいったら野菜の方が多いんだろうが、こうしてロールカツになってるからか肉を食べている感じがするな」

「そうですね。薄切りのお肉ですし、断面を見るとほぼ野菜ですけれど、食べ応えがあります」

「美味しいな」

「美味しいですね」

顔を見合わせて笑い合うリヒトとティファーナ。実に穏やかに食事をしている大人二人だった。ちなみに同じテーブルにはロイリスとミルレインの職人コンビがおり、今日の勉強について会話をしながら食事を楽しんでいた。平和である。

そう、このテーブルは平和だった。いや、大多数のテーブルは平和である。一応、沢山食べる人とちょっとしか食べない人を一緒にするとかで、悠利が配置を考えているからだ。

しかし、そうやって考えられた配置にしても騒々しいテーブルは、ある。年齢が近く食欲旺盛な少年ばかりを詰め込んだ見習い組のテーブルも賑《にぎ》やかだが、彼らは何だかんだでお互いの食事量を把握しているのでそれなりにバランスを取っている。

では、騒々しいテーブルというのはどこかと言えば、実に解りやすい。お肉大好きだが、基本的に何でも美味しくもりもり食べるどこぞの大食い娘がいるテーブルである。

「レレイ――！　お前はちょっとは遠慮しろぉおおお‼」

「してるよ⁉　何でクーレはすぐに怒るの⁉」

「その山盛りの小皿を見て、何で怒らないと思った！」

クーレッシュが怒鳴りながら指差したのは、ロールカツがてんこ盛りになったレレイの小皿だ。大皿から取り分けて食べるとはいえ、ちょっとこれはやり過ぎである。普通に小山が出来ている。

その通りだ、と言いたげにヘルミーネが二人の正面で真顔のまま頷く。イレイシアは困ったような顔をして微笑んでいるが、レレイの援護には入らなかった。彼女の目にも、ちょっと盛り過ぎに見えたからである。

しかし、そんな仲間達にレレイはこう主張した。全力で。

「だって、すぐに食べられないんだもん！　熱々の揚げ物だよ⁉　冷めるの待ってる間に、皆が食べちゃうじゃん！」

「確かにお前は猫舌で、俺等より食べ始めが遅くなるだろうことは認めてやる」

「だったら」

「だからって限度があるんだよ！　このテーブル、お前以外はそんなにアホみたいに食わねぇの解ってんだろうが！」

「だって、皆が食べたら減っちゃうもん……！」

こんなに美味しそうなのに……！　と訴えるレレイ。小山になったロールカツの入った小皿を、大事そうに抱え込んでいる。サクサクと音をさせてロールカツを食べているヘルミーネは、ジト目でそんなレレイを見ていた。クーレッシュの意見に全面的に同意なのである。

大食い娘のレレイは、目の前でどんどんロールカツが減っていくのが切なくてたまらなかったのだろう。だから、とりあえず納得出来る程度に小皿に盛ったのだ。ちなみに、これでも一応皆が食べる分も必要だよね、と自重したらしい。一応。

「……ったく。とりあえず、それ全部食べるまではお代わりすんなよ。俺等だって食べたいんだから」

「うん」

「途中でお代わり取ろうとしたら妨害するからね」

「ヘルミーネヒドくない⁉」

「ヒドくないわよ！　私達だって食べたいの！」

「うー」

ぷぅ、と頬を膨らませるレレイ。譲らないヘルミーネ。呆《あき》れたように溜息《ためいき》をつくクーレッシュ。困ったように微笑んだままのイレイシア。年齢の近い訓練生組は、今日もとても賑やかだった。頑張れ、クーレッシュ。

そんな騒々しいテーブルを横目に、悠利はロールカツを齧る。ソースも醤油《しょうゆ》も悠利は必要ないと思って食べている。肉と野菜の良いところが混じり合って、口の中が実に楽しい。

お肉大好きな大食い組も、こってりした味付けは苦手な小食組も、皆が美味しそうに食べてくれる姿が目に入る。揚げ物なのでカロリーはそこそこあるだろうが、ほぼ野菜なので栄養バランスも悪くないだろうと思うのだ。

肉を食べている満足感に浸りながら、野菜もちゃんと食べられる。確かに作るのに手間はかかったが、良い感じの仕上がりに大満足な悠利なのでした。

大量に作った三種類の野菜を巻いたオーク肉のロールカツは、クランメンバー全員に「とても美味しい」という太鼓判をもらうのでした。頑張った甲斐がありました。

◇◇◇

「ちょっと飽きた」

突然の一言に、悠利はぱちくりと瞬きを繰り返した。告げたのはヤックだ。今日の晩ご飯何にしようかな、みたいな会話をしていたはずなのだが、その最中《さなか》での一言である。

そこで悠利は、手元の野菜を見た。鮮やかな緑のそれは、ブロッコリーだ。それも大量の。沢山もらってしまったので、ここ数日は付け合わせとして茹《ゆ》でたブロッコリーが定番化していた。

「飽きたって、ブロッコリー？」

「うん。ブロッコリーに飽きたって言うか、茹でたのに飽きたというか……」

「あぁ、なるほど」

同じ食材でも調理方法が違えば、そこまで気にならないのだろう。なので、茹でたブロッコリーが続いたことで、ちょっぴり飽きてしまったのだという。素直に零れてしまった本音だ。

その言い分を悠利は理解した。ヤックを責めるつもりはない。誰だって、同じ味に飽きてしまうことはある。定番の味付けで完全に生活の一部のように馴染《なじ》んでいるなら別だが、そうでないなら味変を求める気持ちは普通である。

あくまでも付け合わせとしてのブロッコリーだったので、悠利はそこまで気にしていなかった。しかし、ヤックは気になったのだろう。ヤックが気になったのなら、他にも気になる人がいるかもしれない。そうなると、別の味付けを考える方が建設的だった。

とはいえ、ブロッコリーは茹でて食べるのが一番手っ取り早い。何か良い料理あったかなぁ、と悠利は記憶を探る。

しばらくして、これなら良いかもしれないとアイデアが浮かんだ。

「それじゃあヤック、今日はブロッコリーの天ぷらにしようか？」

「ブロッコリーの天ぷら？　美味しいの？」

「天ぷらも美味しいよ。ただ、先に茹でておかないとダメだけどね」

「解った、お湯沸かす」

「よろしくー」

違うものが食べられる、とヤックはウキウキで作業に入る。大鍋《おおなべ》にたっぷりのお湯を沸かす準備をするヤックを横目に、悠利は大量のブロッコリーを食べやすい大きさにカットしていた。カットしたブロッコリーは、ボウルに入れて水洗いしておく。

皆が食べる分となるとそれなりの分量が必要なので、せっせと小さな房に切り分ける悠利《ゆうり》。その悠利の隣で、鍋を火にかけたヤックが慣れた手付きでブロッコリーを洗っていた。役割分担は基本です。

房の部分を全て落とされたブロッコリーは、太い茎だけが残ってしまう。こちらは固い皮の部分を剥《む》いてスープの具材にする。千切りにしてスープに入れると、これはこれで美味しいのである。勿体《もったい》ないので、捨てずにちゃんと食べます。

「茹でてから天ぷらにするの？」

「茹でて、めんつゆに漬け込んでから天ぷらにするの」

「めんつゆに……？」

「そう。塩味でも良いけど、めんつゆに漬け込むと味がしっかりするから、ご飯も進むかなって思って」

「へー、どんな味だろう」

楽しみ、と言いたげなヤックに悠利はにこにこと笑った。知らない料理でも、こうやって美味しいんだろうな、という反応が返ってくるのは何だか嬉《うれ》しい。なお、それは今まで悠利が作った料理でハズレがないからである。

……ヤックだけではなく、《真紅の山猫《スカーレット・リンクス》》の面々は悠利の料理に胃袋を掴《つか》まれている。味覚が悠利寄りに近かったのが原因かもしれない。後は、悠利の料理技能《スキル》が高レベル過ぎるのが原因か。

そんな雑談をしつつ、お湯が沸いたのでブロッコリーを茹でる。塩を入れたお湯で茹でられたブロッコリーは、鮮やかな緑に染まる。とても綺麗《きれい》だった。

しばらくして茹で上がったら、ザルにあげる。鍋を手にして、ざぱーっと勢いよくブロッコリーをザルにあげるのはヤックの仕事だ。悠利は眼鏡が曇ってしまうので、なるべくこの手の作業はお任せしている。

「茹で上がったら水気を切って、ボウルに入れて、上からめんつゆをだばだばーっと」

「分量は？」

「漬け込みたいから、全体が隠れるぐらいまで」

「結構な分量使うね」

どぱどぱ注がれるめんつゆを、じぃっと見つめるヤック。終わったらこれどうしよう、みたいな顔をしている。そんなヤックに、悠利はにこにこ笑顔で告げた。あっさりと。

「これは、また後日おうどんを食べるときにでも使えば良いから、大丈夫」

「え」

「茹でたブロッコリーを入れただけだからねー。生じゃないし、そのまま使えます」

「あ、そっか！」

確かにそうだと、ヤックは満面の笑みになった。農家育ちのヤックは、悠利ほどではないにせよ勿体ない精神が染みついていた。ブロッコリーを漬け込んだだけのめんつゆが、リサイクル出来ると知って嬉しそうだ。

なお、後ほど時間停止機能が付いている学生鞄に片づけるつもりの悠利である。これなら傷む心配をしなくてすむので。

「それじゃ、ブロッコリーに味が付くまでの間、他の準備しちゃおうか」

「うん」

熱々のブロッコリーにめんつゆをかけることで、味の染みこみは早いだろう。それでも、しばらくはそのまま置いておかなければならない。その時間を無駄にせず、二人は夕飯の支度を進めるのだった。

手分けして他の料理の準備を終えた二人は、そぉっとブロッコリーとめんつゆが入ったボウルを覗《のぞ》き込んだ。たぷたぷと揺れるめんつゆの中で、ブロッコリーの緑が浮かんでいる。

解りやすく変色しているわけではないが、入れたときよりもめんつゆに馴染んでいるように見えた。その中の一つを、悠利は取り出した。包丁で半分に切って、一つを口に、もう一つをヤックに渡し食べるように促した。

茹でたブロッコリーなので、そのまま食べても問題ない。塩ゆでだけのときには感じない、めんつゆの旨味がブロッコリーに絡んでいた。このまま食べても十分に美味しい。

「ユーリ、これ、このままでも美味しいけど」

「天ぷらにすると、更に美味しいよ」

「オイラ、天ぷらの衣準備する！」

「よろしくー」

美味しいものが待っていると解ったヤックの行動は早かった。ボウルに小麦粉と米粉を入れて混ぜ、そこに水を入れながら衣を作っていく。何気に難しい作業だが、回数をこなしているので危なっかしさはなかった。

ヤックが衣を作っている間に、悠利は油の準備をする。油が温まったら、まずは試食用を揚げるのだ。特に天ぷらは、一つ揚げてみて衣の固さを調整すると良い感じに出来るので、試食は必要なのである。

「衣出来たー」

「油も大丈夫だよ。それじゃ、やってみようか」

「うん」

ヤックが作った衣に、悠利はめんつゆに漬かっていたブロッコリーを入れる。このときに、余分なめんつゆはしっかり落としておく。……なお、何度も繰り返すとめんつゆの水分で衣が緩くなるので、途中で粉を足す必要が出てくるので要注意である。

めんつゆに漬かっていたブロッコリーを衣の中に入れると、真っ白にほんのりと茶色が広がる。どぼんと付けてから引き上げ、余分な衣を落としてから油の中へ入れる。バチバチと音がするのはご愛敬だ。

今回は先にブロッコリーを茹でてあるので、外側の衣がカリッと揚がれば完成だ。そのため、生の状態で天ぷらにするよりも早く揚がる。油の中にブロッコリー全体が入るわけではないので、途中でひっくり返して全体がしっかり揚がるように調整する。

バチバチという音が小さくなり、衣から生っぽさが消えたら完成だ。取り出してしっかりと油を切ってから、まな板の上で半分に切る。切ったら小皿に入れて、試食タイムである。

味見は重要な任務である。決して、食べたいから食べているわけではない。特に今日は。

熱々出来たてのブロッコリーの天ぷらを、二人はふーふーと息を吹きかけて冷ましてから口へと運ぶ。火傷しないように注意が必要だ。気持ち米粉を多めにした衣はパリッとした食感に仕上がっており、サクサクで楽しい。そして、一度茹でてあるブロッコリーは柔らかく、衣に閉じ込められていたので水分もたっぷりだ。

それだけでなく、じゅわりと滲《にじ》み出《で》るのはめんつゆの旨味。ブロッコリーの美味しさと、めんつゆの味が良い感じに調和して口の中に広がる。天ぷらというといつもと違う食べ方もあいまって、美味しいの多重奏みたいになっていた。

「ユーリ、これ、美味しい」

「良い感じに出来たね」

「めんつゆの味で、凄《すご》くご飯が進むと思う」

「じゃあ、頑張って揚げよう」

「解った！」

皆も絶対喜ぶぞー、とうきうきでブロッコリーの天ぷらを作るヤック。その背中を見ながら、悠利はふと思った。味付けにめんつゆを使ったこの料理、どこぞの出汁の信者が物凄《ものすご》い勢いで食いつくのではないだろうか、と。

「……マグの分は、別皿にあらかじめ用意しておこう」

騒動が起こる前に対策を考えるのは大切だ。最初から彼の分だけ別にしておけば、納得させやすいだろう。多分。

とりあえず、争奪戦とか喧嘩《けんか》とかになりませんように、と思う悠利だった。


そしてやってきた夕食の時間。悠利は、自分の考えが正しかったことを理解した。僕、良い仕事したと思わない？　と目線だけでヤックに伝えれば、ヤックは真顔で頷《うなず》いてくれた。実に良い仕事だった、と言わんばかりに。

これはめんつゆブロッコリーの天ぷらです、と伝えた瞬間、いや、伝える前から、マグはじぃっと料理を見つめていたのだ。目が真剣だった。基本的に無表情のマグだが、それでも真剣なときはよく解る。

「茹でたブロッコリーをめんつゆに漬けてから天ぷらにしてあるんで、そのまま食べて味があると思います。もしも薄かったら、各自で調整してください」

「「はーい」」

「後、そこで大皿を真剣に見てる子は、専用の別皿が用意されてるので落ち着いてください」

テーブル中央の大皿を、もうどう考えても捕食する気だな、みたいな雰囲気で見ていたマグは、悠利の言葉にパッと顔を上げた。抱え込む気満々だった少年は、赤い瞳《ひとみ》を瞬かせて悠利を見つめている。

「マグが気に入るだろうなって思ったから、ちょっと多めに取り分けてあるから。その代わり、大皿に手を出しちゃダメだよ」

「……諾？」

「……何で疑問符《ハテナマーク》付いてるの⁉」

今の凄く解りやすい説明だったはずなのに、と思わず声を上げる悠利。マグはそれ以上何も言わない。早く自分の分の皿を寄越せと言いたげである。

しかし、悠利は不安が募った。素直に頷いてくれなかったマグに、今のは一体どういう意味なのかとウルグスへ視線を向ける。今日も安定の通訳扱いに面倒くさそうな顔をしつつ、ウルグスはちゃんと説明してくれた。良い子である。

「大皿に残ってたら食べて良いんだろ、って言いたいんだよ」

「……今のってそういう意味だったの⁉」

「そういう意味だよな？　皆が欲しいだけ食べて、それでも残ってたら自分もそれを食べるってことだろ」

「諾」

「合ってた……！」

あの短い言葉に、どうしてこんな長い意味合いが込められていると解るのか。何か謎の技能《スキル》でも持っているのではと思ってしまうが、そんなものは存在しない。空気を読むのはそこまで得意じゃないのに、何故かマグの言いたいことだけは理解出来る不思議なウルグスくんなのだ。

そんな風にいつも通りの一幕を挟みつつ、悠利はマグにめんつゆブロッコリーが沢山載ったお皿を差し出した。大皿ほどではないが、それなりの量がそこにある。受け取ったマグは口には出さなかったが嬉しそうだ。

とりあえず一仕事を終えた、と悠利も席に着き食事を開始する。始まる前に争奪戦、もといマグによる独り占めを防げたので一安心である。後は見習い組の皆で頑張って対処してもらおうと思う悠利だった。

初めて食べるブロッコリーの天ぷらに、皆は興味津々だった。揚げ物とはいえ野菜の天ぷらなので、小食組も良い感じに食いついている。肉食組はめんつゆでしっかりと味が付いているという説明に心惹《こころひ》かれているようだ。

「野菜の天ぷらが美味しいのは知ってますけど、ブロッコリーがこんなに美味しくなるなんて知りませんでしたねぇ」

にこにこ笑顔でそんなことを言っているのは、ジェイクだった。小食組の学者先生は、揚げ物はそんなに得意ではないが、野菜の天ぷらは割と好きだった。野菜なので胃もたれせずに食べやすいのかもしれない。

かぷりと蕾《つぼみ》の部分を囓《かじ》れば、サクサクとした衣の食感と、蕾の柔らかな食感が口の中で混ざる。ブロッコリーの旨味と共に、口の中に広がるめんつゆの味は格別だった。野菜の天ぷらだが、味がしっかりしているので食べ応えがある。

蕾の隙間に天ぷらの衣が入り込んでいるのも、食感が楽しい理由かもしれない。外側はサクサクしているが、蕾の中に入り込んでいる部分はややもっちりしている。その食感の対比が良い感じだった。

「ジェイク、気に入るのは良いが、食べ過ぎには注意するように」

「子供じゃないんですから、大丈夫ですよ」

「その台詞は、調子に乗って食べ過ぎて腹痛になったことがない者が言わないと、まったくもって説得力はない」

「うぐ……」

頼れる姐御《あねご》は、容赦がなかった。健啖家《けんたんか》のフラウはもりもりとブロッコリーの天ぷらを食べているが、隣で食べるジェイクのペースが気になったのだろう。小食の彼の胃を心配しての優しいお言葉である。

ちなみにジェイク先生、気に入った料理の場合は「美味しいですねぇ」と幸せそうに笑いながらお代わりを繰り返すことがある。別にそれ自体は構わない。普段、食が細い男が美味しくご飯を食べるというのは良いことだ。……限度さえ、考えてくれれば、であるが。

そう、限度だ。調子に乗ってうっかり食べ過ぎて、皆が腹具合が落ち着いてきた頃合いに腹痛を訴える、ということが過去に何度もあった。いい大人が何をやっているんだ、と言われる光景である。

そういうところが、「ダメな大人」と言われてしまう所以《ゆえん》なのかもしれない。れっきとした指導係の一人なのに、訓練生どころか見習い組にさえも「ダメだ、この人」と思われることが多々あるのがジェイク先生なのである。愛されてはいるのだが。

一応、座学の先生としては優秀なのです。教え方も上手なので、そういう意味ではちゃんと尊敬されています。日常生活になるとダメダメのポンコツなだけで。

「ジェイクは相変わらずねぇ」

「まぁ、今更だろ」

「そうね、今更だったわ」

二人の会話に耳を傾けつつ、大皿のブロッコリーの天ぷらを順調に消費しているのはマリアとラジだった。どちらも種族特性のせいかよく食べるので、彼らがもりもり食べていても不思議ではない。

同席者は小食組のイレイシアとアロールなので、そこまで食べたりしない。自分達が欲しい分はちゃんと確保して食べているし、よく食べる二人も同席者の分まで食べるような大人げない真似《まね》はしないので、とても平和だった。

「これ、噛《か》んだ瞬間にめんつゆの味が広がるのが良いわよねぇ。塩の天ぷらでも美味しかったと思うけれど」

「濃い味の方が食事が進むと思ったんじゃないか？」

「ユーリらしいわねぇ」

クスクスとマリアは楽しげに笑う。誰もが認める妖艶《ようえん》美女のお姉様がそうやって笑うと、何とも言えず艶《つや》がある。人目を引く美しさと妖《あや》しげな魅力が満点なのだが、見慣れている仲間達は特に気にしなかった。

なお、このテーブル唯一の男性であるラジにとって、マリアの妖艶な微笑みというのは、面倒なときの方が多いので、ときめかないらしい。マリアの美貌《びぼう》は理解しているし、彼女の持つ妖艶な雰囲気も理解している。しかし、彼にとって彼女は時々面倒くさい同僚なのだ。

そして、その面倒くさいモードが出るときにこそ、輝かんばかりの微笑みが向けられるので、必然的に免疫が出来てしまっていた。むしろあんまり好きじゃないかもしれない。嫌な思い出が芋づる式に出てくるので。

黙々と食事を続けるラジの表情からその辺を察したのか、イレイシアとアロールは口には出さずに労《いたわ》りの視線を送っておいた。常識人が苦労するの典型みたいなものなので。

なお、マリアは三人のそんなやりとりに気付いているが、楽しげに笑っているだけである。その程度で気分を悪くするほど、彼女の器は小さくないので。

「ここしばらくブロッコリーが続いてたけど、調理方法が変わると気分転換になって良いね」

「いつもの付け合わせのブロッコリーも美味しいですけれど、今日の天ぷらは格別ですわ」

「そうだね」

顔を見合わせて笑い合うアロールとイレイシア。アロールはクールな僕っ娘であるが、気を許した相手には柔らかな表情を見せる。彼女が気を許すのは信用出来て頼れる相手なので、イレイシアはその枠に入るのだ。

年齢差はそれなりにある二人だが、アロールが大人びているのとイレイシアがその辺のことを気にしないので、実に和やかな雰囲気だった。小食組が仲良く談笑しながらブロッコリーの天ぷらを食べる姿は実に微笑ましかった。

めんつゆブロッコリーの天ぷらは皆に好評で、大量のブロッコリーを消費することが出来たのでした。やはり、味変は大事なことなのかもしれません。

◇◇◇

暑くとも腹は減る。それは自然の摂理である。そして、暑さで体力が落ちているときほど、しっかりと食べなくてはいけない。

けれど、暑さに敗北している状態では食欲が落ちる。いつでも元気にもりもり食べる大食い組はともかく、元から食が細い小食組などは暑さで食欲が落ちるとちょっと健康面が心配になるレベルでヤバいときがある。食事は健康の基本である。

そんなわけで、悠利《ゆうり》も色々と考えてしまう。やはり肉を食べてほしいのだけれど、食欲が落ちている状態ではお肉に箸《はし》が伸びにくい面々が多い。温かい料理となるとなおさらだ。

「せめて冷たければ食べやすいかなぁ……。お肉を使ってる冷たくて美味しい料理……。お肉で……」

「何唸《うな》ってんだ？」

「あ、ウルグスお帰り。勉強終わった？」

「終わった」

一人で唸っている悠利にツッコミを入れたのは、本日の食事当番であるウルグスだった。そんな彼に悠利は何を悩んでいたのかを説明した。暑さで食欲が落ちている面々でも、美味しく肉を食べてもらえる料理はないだろうか、と。

悠利もそんなに食べる方ではないが、それでも食べることが好きなので暑くても食欲はそこまで落ちない。なので、食べる気すら失《う》せるような食の細い面々対策に悩むのだ。

一通りの説明を聞いたウルグスは、なるほどなぁと呟《つぶや》いた。彼は育ち盛りかつ、大柄な体躯《たいく》を維持するためにもりもり食べる少年だ。暑かろうが寒かろうが、とりあえず肉は食べたい。小食組の気持ちはさっぱり解らない。解らないが、それでも、料理当番なので悠利と一緒に悩んでくれる。レシピを知っているわけではないが、今までに食べた料理を思い出してヒントがないか考えているのだ。とてもとても良い子である。

しばらく考え込んでいたウルグスは、ふと思い出したように口を開いた。

「なぁユーリ、冷めても美味いっていうなら、水晶鶏《すいしょうどり》は？」

「え？」

「ほら、アロールの実家行ったときに作ったじゃねぇか。アレ、冷めても美味かったし」

「確かに、水晶鶏なら冷たいし鶏むね肉だからさっぱりしてるし、いけるかも」

ウルグスお手柄！　と悠利は嬉《うれ》しそうに笑った。褒められたウルグスは、おーと気のない返事をしている。しているが、その耳がちょっと赤かったので、多分照れ隠しだ。素直に受け取れないのは、思春期の少年あるあるかもしれない。

作るものが決まったら、悠利の行動は早かった。冷蔵庫から大量の肉を取り出して、適切な大きさに切る必要があるからだ。

「ウイングコッコ？」

「うん。丁度むね肉がいっぱいあるから」

「了解。皮は？」

「皮は全部剥《は》がしておいてね。後でおつまみ用に食べやすい大きさに切って焼こうと思ってるから」

「おつまみになるのか……」

「なるらしいよ」

お酒を飲まない悠利にはよく解らないが、まぁ、焼き鳥屋さんで鶏皮を頼むようなものなのだろう。軽く塩胡椒《しおこしょう》をしてカリカリに焼いた皮は、十分におつまみになるのである。多分。

今日は水晶鶏にするので、皮がない方が良い。なので、二人はせっせと皮を剥ぎ、余分な脂も丁寧に取り除く。美味しく食べるには、こういう一手間が大切なのである。

いらない部分を全て取り除いたら、後はカットするだけだ。火が通りやすいように、また、食べやすいように、そぎ切りにしていく。そぎ切りはウルグスも出来るのだが、よく食べる少年は気を抜くと大きく切りがちなので、時々悠利からツッコミが飛んでいた。

食べ盛りの少年としては、肉は大きいのをばくっと食べたいのかもしれない。でも、水晶鶏は茹《ゆ》でなければいけないので、なるべく大きさを小さく揃えた方が茹でる時間が短くて良いのだ。後は、単純に小さい方が食べるときに箸で持ちやすい。

何故なら、片栗粉でコーティングした上で茹でる水晶鶏は、ぷるぷるしているからだ。小さくても掴《つか》みづらいが、あまりに大きすぎるとバランスが取りにくいのか、お箸で持ったときにつるりと落ちてしまう。そういう意味でも、あまり大きくない方が良いのだ。

切り終えた肉は、ボウルに入れる。大量のお肉がどーんとボウルの中に鎮座している光景は、なかなかに迫力があった。

「味付けは？」

「塩胡椒を下味程度に少しだけ。お酒も少しだけ」

「……味、薄くないか？」

塩胡椒でもしっかりと味付けするならその味で食べると言われても納得できるが、下味程度に少しだけと言われると薄味すぎるのではないかとちょっと気になるらしいウルグス。まぁ、沢山食べる育ち盛りとしては当然の反応だろう。味は濃い方がご飯が進むのだ。

そんなウルグスに、悠利はにこーっと笑った。とても晴れやかな笑顔だった。どこか嬉しそうですらある。

「ユーリ？」

「前回は他の料理の邪魔にならないようにシンプルな味付けにしか出来なかったからね。今回はこれがメインディッシュだから、しっかり味付けするよ！」

何故か物凄《ものすご》くウキウキしている悠利に、何でこいつこんなに嬉しそうなんだ？　と思うウルグス。

しかし、考えても仕方がないので、それ以上考えるのは止めた。しっかり味付けをするという言葉を聞いたので、安心したのもある。

悠利の理由は、告げた通りだ。前回、水晶鶏を作ったのはアロールの実家に皆でお邪魔したときの話。あちらで用意してもらった沢山の料理の邪魔にならないように、水晶鶏の味付けはシンプルに塩胡椒だけにしておいた。これなら邪魔にならないだろう、と。

しかし、そもそも水晶鶏は下味を付けた後、皿に盛り付け何らかのソースやタレをかけることが多い料理だ。むしろ、そのソースなりタレなりを自分好みにアレンジすることで可能性が広がる料理だと悠利は思っている。

なので、今回は好きな味付けで作れるということで、ご機嫌なのだった。割とそういう簡単なところで機嫌が良くなるので、悠利は結構チョロかった。

ボウルに入れた肉に塩胡椒と酒で下味を付け、しっかりと全体を混ぜ合わせる。味が馴染《なじ》むまで少し置いてから次の作業なので、その間に鍋《なべ》にお湯を沸かしておく。

「茹で上がったら氷水に引き上げて一気に冷ますから、そっちの準備もお願いー」

「ボウルで良いのか？」

「良いよ。冷めたら引き上げるから」

「了解」

大きなボウルに氷をガラガラと沢山入れて、そこに水をたっぷりと注ぐ。その状態で、まだしばらく時間がありそうだと判断したウルグスは、ボウルを冷蔵庫に片付けた。氷が溶けるのを防ぐためである。勿論《もちろん》、途中で氷が溶けたら追加すれば良いだけの話なのだが、今すぐには必要ないので冷蔵庫に入れたというわけだ。

お湯が沸くのを待つ間、悠利は手頃な大きさのボウルに片栗粉をどばっと入れた。アロールの実家を訪れた際に作った時は、肉の入ったボウルに直接片栗粉を入れて揉《も》み込んだが、意外とアレはダマにならないように注意するのが大変なのだ。あの時は、作業をするのが自分だけだったのでそうしただけである。

しかし、今日はウルグスと二人なので、手分けして出来る。なので、まず全ての肉に片栗粉を揉み込んでから、茹でる作業に入ろうと考えていた。

「何してんだ？」

「片栗粉を綺麗《きれい》に付けたいから、別のボウルで塗《まぶ》してから茹でようと思って」

「……ってことは、俺が引き上げる役？」

「逆でも良いけど」

「そっちは任せた」

「はいはーい」

悠利と共に料理をするようになって経験を積んでいるウルグスは、飲み込みが早かった。良いことだ。役割分担で動くことの大切さと、即座に担当する作業が何か察することが出来るのは間違いなく成長の証しである。

互いの役割を理解した二人の動きはスムーズだった。お湯が沸いたのを確認したら、悠利はボウルから肉を一切れ取って片栗粉を入れた別のボウルの中へ。全体に片栗粉を塗し、余分な粉を落としてからお湯の中へと入れる。とぷんと沈む姿は少し可愛く見える。

「だいたい、火が通ったら浮かんでくるから、そうしたら氷水に引き上げてね」

「ユーリは何するんだ？」

「ちょっとオーロラソース作ってくる！」

「……お、おう」

待っててね！　と素晴らしい笑顔を残して、悠利は冷蔵庫へと小走りに移動した。常備しているマヨネーズとケチャップを手にして、ほくほく顔である。

オーロラソースは、ケチャップとマヨネーズを混ぜたもののことだ。《真紅の山猫《スカーレット・リンクス》》でも時々出てくるので、ウルグスも味は知っている。マヨネーズの濃厚さと酸味に、ケチャップのまろやかな甘みと旨味が加わった大変美味しいソースである。想像だけでゴクリと喉《のど》が鳴る。

悠利がせっせとオーロラソースを作っているということは、目の前の水晶鶏の味付けはオーロラソースということだ。ぷりぷりつるりんとした食感の水晶鶏に、オーロラソース。外はつるりんとしているが、中は片栗粉のおかげで水分が逃げずにジューシーさを保ったままの肉に、オーロラソース。美味しい気配しかしなかった。

ボウルにマヨネーズとケチャップを入れて混ぜている悠利は、当然その美味しさを理解しているのだろう。とてもご機嫌だった。水晶鶏に使っているのはウイングコッコのむね肉なので、全体的にさっぱりしている。しかしそこにオーロラソースが加わるなら、問題ない。

そう、淡泊な味わいのお肉料理であったとしても、ソースが濃厚ならばそれは食べ盛りの面々が大喜びするがっつりお肉のおかずに早変わりするのだ！　……多分。

そんなうきうきの悠利を見ていたウルグスだが、鍋の中でぷかりとお肉が水面に浮かんできていることに気付いた。浮いてきたら火が通っているという悠利の言葉を思い出し、ウルグスは肉を引き上げて氷水の中へポイッと入れた。熱々の肉をわざわざ氷水で冷やすなんて変だな、とちょっとだけ思いながら。

「あ、ウルグス、お肉出来た？」

「今、氷水に入れた」

「じゃあ、粗熱取れたら味見しようねー」

にこにこ笑顔の悠利の隣で、ウルグスはこくりと頷《うなず》いた。悠利の手には、大量のオーロラソースが入ったボウルがある。随分沢山作ったなぁと思ったが、全員分と考えればそんなもんかとなるウルグスだった。

しばらくして、粗熱が取れたので水晶鶏を氷水から取り出す。ぷるぷるとしてちょっと掴みにくいので、箸ではなくトングを差し出す悠利。こういうときはトングの方が便利である。ちなみに、先端は柔らかい素材なので、肉を潰《つぶ》すこともない。

取り出した肉をまな板の上で半分に切って、それぞれの小皿に載せる。そして、その上に鮮やかな色合いのオーロラソースをかける。

「では、実食です」

悠利《ゆうり》のかけ声をきっかけに、きちんと食前の挨拶《あいさつ》をし水晶鶏を口に運ぶ二人。

「「いただきます」」

つるんとした表面と、氷水で粗熱を取ったことでひんやりしていた。

口に入れた瞬間に感じるのは、オーロラソースの味とぷるぷるとした食感だ。しっかりと肉を噛《か》むと、閉じ込められていた旨味がじゅわりと広がる。下味の塩胡椒は決して邪魔にならず、口の中で調和して味を調えてくれる。

片栗粉の衣で包まれていたことで水分を含んだままの肉は柔らかくジューシーで、二人揃《そろ》って思わず笑みが零れる。オーロラソースの濃厚な味もあいまって、実に満足感があった。

「これ、美味い」

「しっかり味もあるし、これなら大丈夫かな」

「とりあえず確実にお代わりはする」

「……ライスもたくさん準備しておくねー」

ぐっと親指を立てるウルグスに、悠利はあははと笑った。ウルグスがこういう宣言をする日は、白米の消費量が大変なことになるのだ。最近は学習しているので、あらかじめご飯を大量に用意することにしている。

とにかく、味見で美味しいのは確認出来た。下味も今の状態で問題ない。なので、二人は協力して大量の水晶鶏を作ることにした。冷やして置いておけるので、先に作っても大丈夫なのが利点です。

「ぷるぷるひんやりで美味しい！」

ぱぁっ、と顔を輝かせているのはレレイだった。これ美味しいねぇ、とご機嫌で水晶鶏を食べている。オーロラソースのしっかりとした味を喜んでいるように見えるが、実は違う。彼女が大満足でもりもりと水晶鶏を食べているのには理由があった。

「……予想通り、冷たい肉だからすげぇ勢いで食うな」

「予想はしてたけど、予想以上に食いつきが凄《すご》いんですけど……」

「予想してたから、この配置なのか？」

「……です」

猫獣人の性質を受け継いでいるレレイは、猫舌だ。なので、温かい料理の場合はスタートが遅れる。逆に、常温以下の料理の場合は、最初からフルスロットルである。大食い娘はお肉が大好きで、今日も元気に沢山食べている。そう、沢山。

レレイが沢山食べるのは予想出来ていたので、悠利は同じテーブルに着くメンバーを厳選していた。厳選というか、良い感じのバランスに仕上がるようにという感じだろうか。

悠利とクーレッシュ、そして最後の一人はアロールだ。この配置の理由は、年齢相応に食べるクーレッシュ、ちょっと控えめな悠利、小食なアロールという三人にすることで、レレイの食事量とのバランスを図った感じになっている。また、それだけでなく、ご機嫌で食べ続けるレレイに容赦なくツッコミを入れることの出来るメンバーでもあった。

現に今も、中央の大皿に箸《はし》を伸ばしたレレイを牽制《けんせい》するように、アロールが大皿を自分の方へと引き寄せていた。きょとんとしたレレイが、不思議そうに首を傾げてアロールを見ている。アロールの行動の意味が解っていないようだ。

「アロール、何でお皿持っていくの？」

「僕とユーリがまだ殆《ほとん》ど食べてない。レレイは他の料理を食べてからにして」

「……あ」

「偉いぞ、アロール。まだ殆ど食べてないには俺も入れてくれ。俺も手が出せてない」

「あはははー。ごめんごめん。他のおかず食べておくね！」

てへっ、と言いたげな笑顔で謝るレレイ。彼女には基本的に裏表も悪気も存在しないので、こういう反応をされると仕方ないなぁという雰囲気になる。愛されキャラである。

まぁ、愛されキャラだろうと、自分達の分の肉まで食べ尽くされるのはやってられねぇ、というのがクーレッシュの本音ではあるが。身体が資本の冒険者だ。斥候職とはいえ、クーレッシュもお肉を食べたいという欲求はそれなりにある。

アロールと悠利はそこまでお肉にこだわりはないものの、せっかくの晩ご飯である。美味しいご飯はちゃんと食べたいので、レレイを牽制してきちんと自分達の分の水晶鶏を確保していた。

そう、このメンバーならば、こういうやりとりが出来る。同じ小食組でも、イレイシアやロイリスにはこんな芸当は不可能だ。また、ヘルミーネだと口喧嘩《くちげんか》に発展しそうなので、騒々しくなる。あまりにも騒々しくなると頼れるリーダー様の雷が落ちるので、要注意なのだ。

「それにしてもこれ、うちで作ってたやつだよね？　味が違うのは何で？」

「そう。アロールの実家にお邪魔したときに作った水晶鶏です。そもそも、下味はあっさりめにして、色んなソースやタレで違いを出す料理なんだよね」

「なるほど」

「今日はオーロラソースの気分だったから、オーロラソースなのです」

味付けが悠利の気分で決まるのはいつものことなので、そうなんだーという雰囲気になるだけだった。それに、オーロラソースが美味しいのは皆が知っている。ケチャップもマヨネーズも美味しい。その二つを混ぜたオーロラソースの美味しさは格別だ。

ケチャップだけだったならば、後味として甘さが口に残っただろう。マヨネーズだけだったならば、酸味の強さが気になったかもしれない。しかし、オーロラソースにしたことで酸味と甘味のバランスが丁度良くなり、かつ旨味がぎゅぎゅっと濃縮されて口の中に広がる。このソースのおかげで、ご飯が進むおかずになったのである。

片栗粉の衣がつるつる食感で、ひんやりとしているので更に食べやすい。熱々の肉は食欲が落ちているときには重く感じるが、味は濃厚でも冷たいお肉は良い感じに食が進むのだ。

それだけでなく、水晶鶏はむね肉を使用している。皮も脂も出来る限り取り除いているので、お肉自体はさっぱりとしている。だが、決してぱさぱさしておらず、片栗粉で包み込まれた状態なために水分も旨味も残ったままのお肉は、確かな満足感を与えてくれる。

「この食感が面白いよなー。つるつるでぷるぷるした感じが、普段の肉料理と違ってさ」

「片栗粉の衣が良い仕事をするんだよねー」

「前のシンプルな味付けのも美味かったけど、これもすげぇ美味いな」

「お口に合って幸いです」

くすくすと楽しそうに笑う悠利。本当に美味いぞ、と告げるクーレッシュ。アロールは特に感想を口にしないが、食事をしている口元が緩んでいるので美味しいと思っているのだろう。素直じゃない主《あるじ》の代わりに、彼女の足下にいた白蛇のナージャが鷹揚《おうよう》に頷いていた。……とてもとても優秀な従魔は、可愛がっている主人が喜んでいることを悠利に伝え、また作れという圧をかけていた。優秀すぎる。

そんな悠利とクーレッシュの会話が途切れた瞬間に、元気な声が割り込んだ。レレイだ。

「とっても美味しいよね！」

「レレイ、ステイ」

「えー、まだー？」

「自分の分を確保するからちょっと待って」

「はーい」

気付けば、ほかのおかずをペロリと食べきり、ご飯のお代わりまでしてきていたレレイがそこにいた。大皿に箸を伸ばそうとするのを悠利が止めると、不満そうだ。しかし、その理由が皆が食べる分を取るためだと解れば、大人しく従う。実に素直である。

まだかな、まだかな、とうきうきを隠しきれないレレイ。……普段、猫舌ゆえに熱々の料理は冷めるまで食べられないことが多いので、気にせずもりもり食べられる冷たいお肉がよほど嬉《うれ》しかったらしい。

レレイの逸《はや》る気持ちを理解して、三人はそっと自分の取り皿に水晶鶏を確保した。食べきれる分をしっかりと見極めて確保した後、そっと悠利は大皿をレレイの方へと移動させた。

「ユーリ？」

「どうぞ。好きなだけ食べて」

「……全部食べても大丈夫？」

「大丈夫だよ。僕達は自分の分を取ったから」

「そっか。ありがとう！」

ぱぁっと笑顔になったレレイは、嬉しそうに大皿から直接水晶鶏を食べる。がっついているように見えるのに、お行儀悪く見えないのが彼女の不思議なところだ。美味しそうにもりもりと水晶鶏を食べている。

噛む度に口の中に広がる肉の旨味。氷水で冷やされたことにより、ひんやりとしているのもまた、口を楽しませる。ぷるぷるとした表面の食感と、水分を含んだままの肉の弾力。それらを噛みしめるように、実に幸せそうにレレイは水晶鶏を食べていた。

元気よく食べているので、ちょこちょこ口の端にオーロラソースが付いている。それを指摘されてはペロリと舌で舐《な》め取り、また美味しそうに肉を頬張る。見ているだけで美味しそうだと解る食べっぷりだった。

「本当、レレイってよく食べるよね」

「まぁ、半分猫獣人だしなぁ、こいつ。獣人は人間よりも食欲旺盛《おうせい》だから、親父《おやじ》さんから猫獣人の性質を受け継いでるこいつは、よく食べるってことだろ」

「食べた分、どこにいってるんだか」

「動くから、それで消費されてんじゃね？」

「世の女子に羨《うらや》ましがられる体質だよねぇ」

　アロールとクーレッシュの会話に、悠利はのほほんと感想を告げた。その言葉に二人はしばらく考え込んで、確かにと呟《つぶや》いた。世の中の女子は、美味しいものとカロリーと体重の関係で悩むことが多いのだ。

　レレイはその辺をまったく気にしないで食べているが、体質的なものなのか、単純に運動量が多いからなのか、凄《すさ》まじい大食いの割にスマートである。スマートというのは少し違うか。適正体重で筋肉と脂肪のバランスが取れた体型なのである。……胸元はちょっと寂しいが（当人は動きやすいので気にしていません）。

　そんな会話をしつつ食事を続ける三人の傍らで、「ライスお代わりしてくるね……！」とレレイがお茶碗《ちゃわん》片手に席を立つのが三回ほど繰り返されるのでした。ご飯多めに用意しといて良かったと思った悠利であった。

エピローグ　ヘルシー美味しい豆腐ハンバーグ

カロリー。それは、美味しいものとセットで襲ってくる魔手。美味しいものを食べたい。しかし、太りたくはない。それは女性の永遠の命題なのだろう。

そう、それは異世界でも変わらなかった。


「だからね、お腹いっぱい食べたいけど、太るのは嫌なのよ」

「はい」

「お肉も好きよ？　でもやっぱり乙女としては色々と気になるの」

「うん」

「どうにかならない？」

「どうにかって言われても……」

真剣な顔で訴えてくるヘルミーネに、悠利《ゆうり》は困ったように眉《まゆ》を下げた。彼女の背後には、女性陣が控えている。普段はそういうことを気にしていなそうなメンツまでいるので、何かあったんだろうかと思うほどだ。

ちなみに、レレイは我関せずという感じに小さなおにぎりをもぐもぐと食べていた。これは朝ご飯の残りを悠利がおにぎりにしたものだ。レレイが小腹が空《す》いたというので、おやつ代わりとして与えられていた。

猫獣人の身体能力を受け継いでいるレレイは、体質も獣人寄りだった。いつでも元気に何でも美味しくもりもり食べるが、太らない。本人曰《いわ》く、食べた分は動いているとのことだが、それにしてもよく食べる。しかし健康的なスタイルは維持されたままである。なので、彼女はこの手の話題に関わらない。

普段は「食べた分、動けば大丈夫だろう」派なフラウやミルレイン、アロールもヘルミーネの背後にいる。とても珍しかった。小食なイレイシアは控えめに皆の背後にいるが、彼女も年頃の乙女らしく体重や体型は気になるのだろう。気持ちは同じと言いたげな雰囲気だった。

「一つ聞きたいことが」

「なぁに？」

「ヘルミーネがそういうことを言うのはよくあるし、ティファーナさんも気を遣っているのは知ってるけど、全員揃《そろ》って圧をかけてくるって、何かあったの？」

「だって……！　今の季節は薄着になることが多いじゃない！」

「…………あー」

「この間の海も楽しかったけど、楽しかったからこそ、気にしなきゃって思ったのよ！」

「……なるほど」

夏は暑い。暑い季節は薄着になる。薄着になると体型が解る。そうなると、己の体型が気になるのが女子のお約束らしい。ひらひらと楽しそうに手を振っているマリアもそこにいるのは、ちょっと意外だったが。

スタイル抜群の妖艶《ようえん》美女なダンピールのお姉様は、口元に人差し指をあてて微笑んでいる。内緒よ、みたいな仕草だが、何を言いたいのか悠利にはよく解らない。というか、全員別にダイエットとかしなくても問題なさそうなスタイルなのに、と悠利は思った。思ったけれど、空気を読んで言わなかった。

何故、言わなかったのか。この手の話題は、外野が何を言っても意味がないからだ。特に悠利は一応男子である。女子の気持ちは比較的解るが、ダイエット分野に関しては理解が出来ない。悠利はしっかり食べて必要な分だけお肉の付いた健康的な方が良いと思っているタイプである。

とりあえず、理由は解った。普段あんまりそういう話題に関わってこない女性陣がいるのも、理解した。理解したので、悠利が口にする言葉は決まっていた。

「とりあえず、考えるだけ考えてみます」

こういうときの女性に逆らってはいけないことを、母や姉妹のおかげで、彼はとてもとても、理解していたのだった。

「で、豆腐が用意されている、と」

「豆腐は、栄養もあるしヘルシーだからねー」

「でも、豆腐じゃ物足りなくない？」

「うん、だから豆腐ハンバーグにしようかと思って」

「豆腐ハンバーグ？」

何だそれ、とカミールは首を傾げた。豆腐は解る。ハンバーグも解る。しかし、豆腐ハンバーグは初耳だった。

食べ応えがあって、でもヘルシーなご飯という無理難題をふっかけてきた女性陣の希望に添えると悠利が考えた料理は、豆腐ハンバーグだ。ただの豆腐料理では物足りないかもしれないが、豆腐ハンバーグにしてしまえばボリューム満点である。

「ハンバーグはミンチだけで作るけど、豆腐ハンバーグはミンチと豆腐で作るんだよ。お肉の量はいつもより少ないけど、その分、豆腐を使うからカロリー控えめだし、ちゃんと食べ応えもあるんだよね」

「なるほど。……女子は大変だよなぁ」

「……別にうちの皆、そんなこと気にしなきゃダメな体型してるとは思わないんだけどねぇ」

「それなー」

二人きりなので素直な感想を口に出来る。女子の前では言わない。その程度の分別は彼等にもある。というか、正確には彼等は姉を持つ弟なので、この手の話題で迂闊《うかつ》な発言をするとどういう目に遭うのかを知っているのだ。世界は違ってもそこは同じようだ。

「とりあえず、時間のかかるタマネギとミンチは準備してあるから」

「あぁ、そのボウルの中身？」

「そう。タマネギは冷めるまでちょっと待ってね」

「解った」

悠利が示した先には、別々のボウルの中に入ったタマネギとミンチがあった。タマネギはみじん切りにした上で炒《いた》めてある。粗熱が取れてから混ぜないと、具材に火が通って混ぜにくくなるのだ。ちなみにミンチはビッグフロッグとバイパーの合《あ》い挽《び》きだ。扱いで行くなら鶏のももとむねの合い挽きという感じだろうか。

「ミンチ、作るの大変だったんじゃないか？」

「僕じゃないから大丈夫」

「誰か手伝ってくれたのか？」

「レレイとマリアさんが面白がってやってくれた」

「なるほど。何も心配なかったな」

「豪快だったよー」

力自慢の女子二人は、美味しい晩ご飯のために協力してくれたのだ。彼女達にかかれば、大きなお肉をミンチにするのさえ朝飯前である。フードプロセッサー的な道具があれば悠利でも簡単にミンチに出来るが、生憎存在しないのでいつも仲間達に助けられている。

豆腐ハンバーグの材料は、通常のハンバーグの材料に豆腐を加えただけだ。ミンチはお好みでどんな種類でも良いのだが、悠利はあえて少しでもヘルシーそうなビッグフロッグとバイパーの肉を選んだ。バイパーだけにするともしかしたら物足りないかもしれないので、ビッグフロッグとの合い挽きである。

イメージは、和風系のハンバーグだ。ハンバーグというより、つくねに近い味わいになるかもしれないが美味しいので問題はない。今回重要なのは、ボリュームがあってヘルシーなメインディッシュというところなのだから。その点はきっちり押さえている。

「まず、水気を切った豆腐をボウルの中で崩します」

「崩す？」

「握《にぎ》り潰《つぶ》すというか」

「あ、俺やりたい。面白そう」

「どうぞ」

ぱっと顔を輝かせたカミールが、ボウルの中に入った豆腐へと手を伸ばす。ぐっちゃぐっちゃと握り潰すのが面白いのか、楽しいなーと笑っている。子供が粘土遊びを楽しむみたいなものかもしれない。

豆腐をあらかじめ細かくしておくのは、他の具材と混ざりやすくするためである。ミンチと満遍なく混ざってくれないと困るので、最初にこの作業が必要なのだ。

豆腐が崩れたら、そこにミンチ、粗熱を取ったみじん切りのタマネギ、卵、パン粉を入れる。さらに、下味として塩胡椒《しおこしょう》と醤油《しょうゆ》を少し加えるのを忘れずに。この下味は好みで調整すれば良いのだが、悠利は本日和風っぽく仕上げたいので少量の醤油を入れた。

「それじゃ、全部きっちり混ざるように頑張って」

「おー」

「とりあえず粘り気が出るまでは混ぜてね」

「任せろ」

こういう作業は楽しいから好き、とカミールは実にご機嫌だった。それなりに量はあるが、当人は気にせずせっせと混ぜてくれているので、タネ作りはカミールに任せて悠利は他の準備に取りかかる。

メインディッシュは豆腐のハンバーグだが、付け合わせやスープ、サラダは必要である。ヘルシーを目指して、付け合わせは茹《ゆ》でた小松菜と人参、サラダはグリーンサラダ。スープはキノコたっぷりという方針である。

大食い組にはもの足りないと思われるかもしれないが、そこは豆腐ハンバーグをお代わりしてもらおうという考えだ。何せ、今日は女性陣のリクエストに応えるのが目的なので。そういう日もあります。

料理技能《スキル》のおかげで卓越した包丁捌《さば》きを披露する悠利だが、隣のカミールは何も気にしていなかった。見慣れたというのもある。キャベツの千切りが凄《すご》い勢いで作られているのだが……。

「ユーリ、全部混ざったし、粘り気も出てきたぞー」

「お疲れ様。それじゃ、丸めようか」

「おう」

ハンバーグを作ったことはあるので、カミールは細かい説明をされずとも成形作業に入る。掌《てのひら》に収まる程度に丸めて、両手の間を移動させるようにして空気を抜く。この作業を怠ると崩れてしまうので、とても大事である。

二人でせっせと形を作った豆腐ハンバーグは、オーブンの鉄板の上へと並べられていく。人数が多いので、フライパンでちまちま焼くよりもオーブンで一気に焼いた方が楽ちんなのだ。大きなオーブンがあって良かったと思う悠利だった。

作業に慣れていたこともあって、二人がかりで頑張れば割と手早く豆腐ハンバーグの成形は終わった。後は食べる前にオーブンで焼けば良いだけだ。下準備は大変だが、調理は一気に出来るのが良いところである。

その中から、悠利は一つ、小ぶりな豆腐ハンバーグを手に取った。人が作っているので、どうしても最後の方には大きさが不揃《ふぞろ》いなものが出てくるのだ。その小さな豆腐ハンバーグは、味見用として活用する。

「一つだけだから、フライパンで焼いて味見しようか」

「味見ー！」

「熱したフライパンに油を引いたら、タネを崩さないようにそっと入れて、焼きます」

ハンバーグはそこそこの厚みがあるので、片面をしっかり焼いて真ん中ぐらいにまで火が通ったのを確認したら、ひっくり返す。最初は強火で表面を焼いて肉汁が零れるのを防ぐと良い感じに仕上がる。

ジュージューと肉の焼ける音がする。音だけでなく、香ばしい匂いが鼻腔《びこう》をくすぐる。じーっとフライパンを見つめているカミールの目は、早く食べたいと物語っていた。育ち盛りなので仕方ない。

火が通ったのを確認したら取り出して、小皿に載せて半分に割る。味見なので二人で仲良く半分こである。

「下味しか付けてないので、ここにポン酢をかけます」

「ポン酢？　ソースとかケチャップじゃなくて？」

「さっぱりさせたいので。まぁ、好みで色々付けてもらって良いんだけど」

「なるほど」

豆腐とビッグフロッグとバイパー肉のミンチで作られた豆腐ハンバーグなので、色味は白っぽい。そこにポン酢をかけると色が染まって美味しそうに仕上がった。

箸《はし》で食べやすい大きさにして口へと運ぶ。ポン酢が染み込んだ箇所を選んだので、口に入れる前にポン酢の香りがふわっと鼻腔をくすぐった。豆腐が入っているので柔らかなハンバーグに仕上がっており、簡単に噛《か》むことが出来る。

しかし、ビッグフロッグとバイパー肉の旨味はギュギュッと詰まっているので、食べ応えは抜群だ。タマネギの甘みも良い仕事をしている。そして、それらにアクセントとして加わるポン酢の風味。実に良い塩梅《あんばい》だった。

「何コレ、超美味い……。ポン酢めっちゃ合う……」

「醤油とかソースでも美味しいとは思うんだけどねー。ポン酢だとさっぱりして美味しいー」

「こんな美味くて食べ応えあんのに、太らないの？」

「太らないかどうかは知らないけど、カロリー控えめではあると思う。多分」

正確にカロリー計算をしたわけではないので、その辺は悠利《ゆうり》にも断言は出来ない。しかし、ただのハンバーグよりは確実にカロリーは控えめであるはずだ。豆腐を使っているし、ミンチもヘルシーっぽいビッグフロッグとバイパー肉にしたし。

なるほど、とカミールは真剣な顔をしていた。何だろうと首を傾げる悠利に、カミールは静かに言い切った。

「これ多分、普通に争奪戦起きるやつ」

「え」

「肉好きも喜んで食べるやつだから」

「うぇぇえ……？」

そこは予想してなかった、と悠利は変な声を出した。揉《も》め事《ごと》になるのは嫌だなぁという顔だ。そんな悠利にカミールが告げた言葉はというと……。

「あ、でも、出汁入ってないからマグは暴走しないしマシだと思う」

「それもどうなんだろう……」

確かにそれは事実だけれど、そういう話でもないよなぁと思う悠利だった。まぁ、なるようになるでしょう。多分。

そして迎えた夕飯の時間。悠利から豆腐ハンバーグの説明を受けた女性陣は、喜びを大袈裟《おおげさ》なほどに表現してくれた。ヘルミーネなど、飛びついてきたぐらいだ。

お味の方もお気に召したらしく、大皿に盛られた豆腐ハンバーグはどのテーブルも順調に消費されていた。ポン酢をかけてさっぱりとした味もあってか、小食組も嬉《うれ》しそうに食べている。良いことだ。

「豆腐はこういう風にも使えたんですね」

「豆腐を入れると柔らかくなるので、かさ増しとかにも使えて良いんですよー」

「うふふ。美味しくて身体にも良いなんて、素敵ですね」

「喜んでいただけて幸いです」

上品に微笑むティファーナに、悠利も笑った。別に何一つスタイルに問題などないと思える素敵なお姉様だが、やはり色々と気にして生きていらっしゃるらしい。単純に味が気に入ったのもあるかもしれないが、今日は、そこそこお代わりをしている。

豆腐とタマネギのみじん切りのおかげでふわふわと柔らかい豆腐ハンバーグ。旨味はミンチでしっかり感じられるので、物足りなさはどこにもない。噛んだ瞬間に口に広がる肉汁は確かにハンバーグだと感じさせる。旨味が口の中で調和して、満足感がある。

普段のハンバーグはオーク肉やバイソン肉を使っているので、旨味爆弾みたいな仕上がりになっている。肉を食べている！　みたいなインパクトがあるのが特徴だ。豚と牛の合い挽きや、牛肉オンリーのハンバーグみたいな感じである。

それに比べればパンチは少ないはずなのだが、物足りなさなんてどこにもなかった。むしろ、柔らかくてひょいひょい食べられるおかげで、皆の箸がどんどん進んでいる。

悠利はポン酢をかけてさっぱり食べているし、女性陣の大半は同じようにしている。男性陣でも小食組はポン酢派だが、ボリュームを求める面々はソースや醤油、ケチャップなどをかけていた。それらをかけても普通に美味しいので。

ソースをかければ、濃厚な旨味が肉の味を引き立て、豆腐のまろやかさと調和する。ソースに負けはしない。豆腐の風味と肉の旨味がソースを巻き込んで、一つの味として完成するのだ。

醤油の場合はもっと簡単だった。そもそも豆腐と醤油の相性が悪いわけがない。肉と醤油の相性も良いので、試す前から美味しいことは解っている組み合わせだ。かけすぎると醤油辛くなるので、そこにだけは注意が必要だが。

ケチャップの場合は、普段のハンバーグのイメージで使っている者が多かった。豆腐といつもと違うビッグフロッグとバイパーのミンチという組み合わせだが、意外と悪くはなかった。ソースの濃厚さや醤油の風味とは異なる、甘さを含んだ旨味が口の中で肉汁とじゅわりと絡む。これもまた、美味しい味だった。

「いっぱい食べても大丈夫な料理って幸せよねー」

にこにこ笑顔で食事を続けるヘルミーネ。希望が叶《かな》ったので、彼女はとてもご機嫌だった。ぱくりと豆腐ハンバーグを口に運んで、満面の笑みを浮かべている。

そんなヘルミーネに、悠利は困ったように笑った。とりあえず、釘《くぎ》だけは刺しておこうと思って口を開く。

「確かにいつものハンバーグよりは太りにくいと思うけど、それでもいっぱい食べたら太ると思うよ」

「それぐらい解ってるわよー」

「解ってるなら良いんだけど」

安心したような悠利に、ヘルミーネは唇を尖《とが》らせた。そこまでバカじゃないわよ、と言いたいのだろう。それについては何も言わず、彼女は自分の考えを口にした。

「あのね、ユーリ」

「何?」

「食べたら太るのは解ってるし、悠利が色々考えてくれた料理でも食べ過ぎちゃダメなのは解ってるのよ」

「うん」

「でもね、私達は、たまにはこう、少しでも罪悪感なくいっぱい食べられたら嬉しいなって思ってるだけなの」

「罪悪感」

食事には不似合いな単語が出てきたなぁと思う悠利。しかし、ティファーナはヘルミーネの言い分が解るのか、しっかりと頷《うなず》いている。同席者であり、黙々と食事を続けていたマリアも同じくだ。どうやら女性陣には伝わる感覚らしい。

悠利に通じていないのを理解して、ヘルミーネは説明をした。彼女達なりの重要な理由を。

「食べたら太るのは解ってても、美味しいものはいっぱい食べたいの。太りにくい料理だったら、その『これ以上食べたら太るのに……』みたいな気持ちを感じずに食事が出来るのよ」

「……つまり、何も考えずに美味しく食べられるってこと？」

「そうよ。とても重要なの」

キリッとした顔で告げるヘルミーネに、悠利はなるほどと頷いた。説明されたら、何となく解った。太るのが解っているのにお代わりをするのは、罪深いことのように思えるらしい。大変だなぁ、と他人事《ひとごと》のように思う悠利だった。

女子三人はその話題で仲良く盛り上がりながら豆腐ハンバーグを食べている。それ以外の料理も、野菜やキノコ中心でヘルシーに仕上げてあるので、それも踏まえての会話らしい。

そんな彼女達を見ながら、悠利は無言で食事を続けた。続けながら心の中で、「でもヘルミーネ、スイーツに関してはそういうこと考えないでいっぱい食べるんだよなぁ……」と考えつつ。口に出さない程度の分別はありました。

ポン酢でさっぱり食べる豆腐ハンバーグは食欲がない日でも食べやすいのではということで、定番メニューに追加されるのでした。美味しいは正義です。

特別編　竜人種《バハムーン》さん達の胃袋はブラックホールでした

　アリーとブルックが王室から受けた依頼であった物騒ダンジョン無明の採掘場部分への調査。単純に調べるだけだと思っていたそれは、先代のダンジョンマスターを倒し、自分を休眠状態へ追い込んだ竜人種三人の接近に危険を感じたダンジョンコアによって、ダンジョン内を転移させられたり、部屋の中身が入れ替えられたりと色々あった。その結果、過激に物騒だったダンジョンコアとの物理的なオハナシアイ（一応破壊はしてない）が終わったので、悠利達はひとまず休憩として昼食にすることにした。弱々しい光で明滅を繰り返すダンジョンコアは皆に無視されている。そんなことよりご飯が大事である。

「テーブルはこんな感じで良いかな？」

「ウォリーさん、ありがとうございますー」

「いやいや、美味しいご飯を食べられるなら、テーブルぐらいいくらでも」

にこにこと満面の笑みを浮かべるウォルナデット。人間の食事に飢えているダンジョンマスターさんは、悠利のご飯に順調に餌付《えづ》けされていた。美味しいは正義なので仕方ない。

　ウォルナデットが用意したのは、大きめの丸テーブルだ。人数分の椅子も用意されている。ただ、とりあえずご飯を食べられたら良いだろうということなので、飾りも何もないシンプルな仕上がりである。

ここはダンジョンコアの部屋。ダンジョンの最奥、心臓部。本来ならば余人を招き入れて食事をするような場所ではないが、ウォルナデットも悠利も何も気にしていなかった。

だってそもそも彼等は、収穫の箱庭のダンジョンマスターであるマギサに招かれて、ダンジョンコアの部屋でのんびりとご飯を食べたことがある。むしろ一般人が紛れ込まないので身内だけでゆっくり出来る場所とでも思っていそうだ。

過去のトラウマから竜人種三人を警戒しまくりのダンジョンコアのおかげで、さっきまでならこんな暢気《のんき》なことを考えることは出来なかっただろう。しかし、その竜人種三人にフルボッコにされたダンジョンコアに余力などなく、満面の笑みで皆をもてなすウォルナデットを止める術《すべ》はなかった。

「とりあえず、手持ちの料理を出すだけになっちゃうんですけど……」

「ユーリくんのご飯美味しいから、問題ない」

「……ウォリーさん、よだれ……」

「あ、ごめん」

悠利に指摘されてウォルナデットは口元を拭《ぬぐ》った。美味しいご飯を想像して思わずよだれが出てしまったらしい。何とも間抜けな姿である。これがダンジョンマスターだと言われても、きっと誰も信じない。

そんな風に会話をしつつ、悠利は学生鞄《かばん》から色々と料理を取り出す。容量無制限かつ時間停止機能の付いた魔法鞄《マジックバッグ》と化している学生鞄なので、出来たてほかほか状態の料理がどんどん出てくる。美味しそうな匂いがふわりと広がった。

悠利《ゆうり》が学生鞄から取り出したのは、食べやすさを考慮しておにぎりやサンドイッチといったものばかりだった。これなら食器を用意しなくても良いし、各々好きなものを手に取って食べてもらえば良い。

それに、おにぎりは中に具材が入っていたり、細かく刻んだ具材を混ぜ込んであったりするし、サンドイッチは様々な具材でバリエーション豊富だ。甘味代わりのジャムサンドもちゃんと用意してある。流石に生クリームたっぷりのフルーツサンドは用意していないが。

「おにぎりとサンドイッチです。どれも中に具材が入っているので、お好みのものを食べてくださいね」

「ジャムサンドもあるんだな」

「ブルックさん、ジャムサンドはデザート扱いなんで、他のを食べてからでお願いします」

「勿論《もちろん》解っている」

「なら良いんですが……」

イマイチ信用出来ないな、みたいな反応をする悠利。甘味が絡んだときのブルックがポンコツなのをよく理解しているので、こういう反応になるのだ。そして、アリーもロザリアもランドールも、そんな悠利を咎《とが》めなかった。そうだろうな、という顔である。

「じゃあこれ、食べて良いんだよな？」

「はいどうぞ。あ、ウォリーさん、そっちのサンドイッチ、中身がオーク肉のカツです」

「教えてくれてありがとう！」

お肉だ！　と嬉しそうにカツサンドに手を伸ばすウォルナデット。彼が手にしたのは、千切りキャベツとオーク肉のカツというシンプルなサンドイッチだ。カツの旨味を引き出すために、ソースで味付けがされている。

耳を落とした白い部分だけのサンドイッチは、ふわふわのパンが食欲をそそる。がぶりと噛《か》んでみれば、キャベツのシャキシャキした食感と、カツのジューシーさが口の中に広がる。肉は柔らかいが衣はカリカリで、その食感の違いがアクセントとして良い仕事をしている。

「肉の味……。美味い……」

しみじみとウォルナデットは呟《つぶや》く。カツは大きすぎず小さすぎず、噛み切りやすい大きさなのにボリューム満点という絶妙な塩梅だった。パンに染み込んだソースのしっかりした味も、食欲をそそる。

普段人間の食事に飢えているウォルナデットは、特に肉に対する食いつきが凄《すご》かった。悠利のご飯に餌付けされているのもあるが、とりあえず肉というだけで彼のテンションは上がる。

果物や野菜はマギサからお裾《すそ》分《わ》けをもらえるが、肉や魚は手に入らない。そして、ウォルナデットは魚よりは肉派だったので、肉を感じられる料理になるととても感動するのだ。

そう、感動している。感動というか、もう、感涙というのだろうか。美味しい美味しいと言いながら、半分以上涙目になっているウォルナデット。これ、ダンジョンマスターなんだよな？　とは誰も言わなかった。今更なので。

ウォリーさんってば相変わらずだなぁと思いながら、悠利は叩《たた》いた梅干しが入ったおにぎりを食べている。梅干し丸ごとを真ん中に詰め込むタイプに比べて、全体に満遍なく梅の味がして酸っぱさがマシなのだ。ついでに今日はそこに鰹節《かつおぶし》と少量のだし醤油《じょうゆ》を混ぜているので、更にまろやかである。白米がほんのり赤く色づいて、見た目もとても綺麗《きれい》だ。はぐはぐと食べている悠利の顔は笑顔である。暑い季節に酸味は心強い。元々梅干しが好きな悠利なので、白米と梅干しのタッグに大満足だ。仄《ほの》かな米の甘みに、だし醤油で味付けされた梅干しが味わいを添える。決してパンチが効いているわけではない。しかし、何故か不思議と懐かしさを感じる味なのだ。少なくとも、悠利にとっては。

ちなみに、そんな悠利と同じような反応をしているのが、アリーである。迷いなく梅干しおにぎりを手にしていた。この梅干しはアリーの実家から送られてきたものであり、彼にとってはまさに実家の味なのである。

「アリーさん」

「何だ?」

「梅干し丸ごと入ってるおにぎりもありますけど」

「いや、こいつで大丈夫だ。いつもより手間がかかってないか?」

「鰹節とだし醤油を混ぜたら美味しいだろうなぁと思ってやってみました」

「そうか」

「後、確実にマグが食いつくのでアジトの冷蔵庫に置き土産してきました」

「……そうか」

おやつにどうぞ、とおにぎりを置いてきた悠利である。出汁への食いつきが半端ないマグなので、だし醤油で味付けされた梅干しのおにぎりに反応しないわけがない。きっと、美味しく食べてくれているだろう。願わくば、見習い組の仲間達と喧嘩《けんか》をしていませんように。

二人がそんな会話をしている目の前で、テーブルの上のおにぎりとサンドイッチは順調に消費されていた。人間の食事に感無量なウォルナデットもよく食べているが、やはり特筆すべきは竜人種の三人だろう。一向にペースが落ちることなく、もりもりと食べている。

彼等の場合、目に見えて早食いとかがっついている、というわけではないのがミソだ。あくまでも淡々と、黙々と、同じペースで食べ続けている。そしてそれが止まらない。普通の人よりちょっと速いぐらいのペースが延々と続くのである。

テレビで見た大食いの人みたいだなぁ、と思う悠利だった。大食いにも色んなタイプがいて、レイのように見るからに豪快にがっついて食べる人もいれば、目の前の三人のようにペースを乱さず食べ続ける人もいる。早食いの人は飲み込むように食べるので、また枠が違う。

まぁ、何はともあれ美味しく食べてくれているのなら問題ない。三人とも和やかに談笑しているし、おにぎりとサンドイッチだけの昼食でも喜んでくれている。

おにぎりとサンドイッチしかないのが申し訳ないなぁ、と思う悠利だが、皆はそんなこと考えもしていない。何せ、おにぎりもサンドイッチも具材のレパートリーが豊富だ。これだけで食事として完成しているのだから、文句など出るはずもない。その辺りの考え方の違いはやはり、作り手と食べ手の違いなのだろうか。

「この甘辛い肉が入ったおにぎりはとても美味しいな。何という料理なんだい？」

「それはバイソン肉のしぐれ煮ですね。うちの皆にも人気のおにぎりです」

「しぐれ煮？」

美味しそうにおにぎりを食べていたロザリアの問いかけに、悠利はにこにこ笑顔で答えた。バイソン肉のしぐれ煮は甘辛くしっかりとした味付けで、育ち盛り食べ盛りの若手組に大人気なのだ。甘辛い味付けはご飯が進むので。

その悠利の説明を聞いて、ロザリアは不思議そうに首を傾げていた。どうやら、しぐれ煮という料理に馴染《なじ》みがないらしい。まぁ、一応和食だもんなぁと思いつつ、悠利は簡単に説明をした。

「砂糖と醤油に生姜も加えて甘辛く煮詰めた味付けの料理のことです。これはバイソン肉ですが、オーク肉でも美味しいですし、貝で作っても美味しくいただけますよ」

「なるほど。醤油と砂糖か。それでこんな風にしっかりとした味付けなんだな」

「はい、そうです」

醤油だけでは辛いし、砂糖だけでは甘くなる。しかし、その二つが合わされば、甘辛いというとても魅惑的な味付けに仕上がるのだ。ちなみに、好みで醤油多めや砂糖多めで味付けを若干変えられるのもミソだ。今回は砂糖多めで甘く仕上げてある。

どういう味付けの料理かを理解して、ロザリアは改めてバイソン肉のしぐれ煮が入ったおにぎりを齧《かじ》る。白米の仄かな甘みに、甘辛いしぐれ煮の味が絡んで絶妙だ。お肉は味がしっかりと付いていて柔らかく、噛めば噛むほどに旨味が広がる。

　こうしておにぎりに詰めてあるのが大正解と思える具材だった。この辺りの食文化はパンやパスタが主流だが、長く生きているロザリアは米料理も普通に食べる。なので、おにぎりもいたく気に入っているようだった。

　はぐはぐとバイソン肉のしぐれ煮入りのおにぎりをあっという間に平らげたロザリアは、彼らに比べれば随分とゆっくりしたペースでおにぎりを食べている悠利へと視線を向ける。悠利はまだ一つ目の、梅干しおにぎりを大切に食べていた。

　ロザリアの視線に気付いた悠利が、こてんと首を傾げる。どうかしましたか？　と問いかける表情はほわほわしていた。通常運転の悠利である。

　……なお、そんな彼らの穏やかな雰囲気の横では、ウォルナデットがもりもりと食事に勤しんでいた。ダメだ、このダンジョンマスター。完全に餌付けされてる。

「ロゼさん？」

「君は本当に、料理が上手なんだな」

「……はい？」

「このおにぎりもサンドイッチも、具材がとても豊富だ。これだけ多種多様な味付けの料理を作れるなんて、本当に凄い」

「えーと……」

真摯《しんし》に褒めてくれるロザリアに、悠利は瞬きを繰り返した。何のことだろう？　みたいな状態になってしまうのも無理はない。悠利にとってはあくまでも家庭料理、食べたいものを何となく作っているだけなので。

しかしその、食べたいものを何となくでも作れるというのは、それだけで十二分に凄いことなのだ。当人がその程度普通だと思っているので、話は全然噛み合わないのだけれど。

「僕、単に家庭料理が作れるだけですよ？」

「その家庭料理というのが難しいんじゃないか。自慢じゃないが、あたしはとりあえず自分が食べる程度の料理しか出来ないよ」

「僕もそんな感じなんですが」

「他人様に振る舞える料理が作れているだろうに」

ロザリアの言葉に、悠利は「他人様に振る舞える……」とぽつりと呟いた。悠利の中では、そんなつもりはなかった。家族のご飯を作るのと同じノリである。遠足にお弁当を持っていくような感じで。

しかし、言われてみれば確かに、他人に料理を振る舞っている。作っているのはあくまでも家庭料理だが、自分が食べるのではなく誰かのために作っているのは事実だった。

「……そ、そんな大層なことじゃないと思うんですけど……」

でもやっぱり、悠利の中の結論はそういうことになる。何せ、今目の前にあるのはおにぎりとサンドイッチだけだ。ちょっと頑張って手の込んだ料理を作ったときなら受け入れたかもしれないが、おにぎりとサンドイッチなので無理だった。

そんな悠利に、ロザリアは豪快に笑った。笑って、ばしばしと悠利の背中を叩く。力加減はちゃんと考えてくれているので痛くはないが、突然の行動に驚いて悠利は目を白黒させた。

「すまない、別に困らせるつもりも驚かせるつもりもないんだ。ただ純粋に、あたしがそう思っただけだよ」

「あ、はい」

「早い話が、君の料理を気に入ったということさ」

「あー、ありがとうございます」

その言い分なら悠利もすんなりと受け入れられた。喜んでもらえて嬉《うれ》しいです、とにこにこ笑顔だ。作った料理を美味しいと言って食べてもらえることは、何よりの喜びである。

何だー、もうロゼさん大袈裟《おおげさ》なんだからー、と考えながら、悠利は口の中のご飯を飲み込んだ。次は何を食べようかなとサンドイッチに視線を向けたその耳に、ロザリアの言葉が滑り込む。

「だからまぁ、連れて帰りたいぐらいには気に入っているんだがね」

「……え？」

そこに話が戻るんですか……？　と思ってしまった悠利は悪くない。その話題は、朝食のときに全部終わらせたのではなかったのかと思ったのだ。

困惑しつつもとりあえず、にへっと笑う悠利にロザリアはにこりと笑ってくれた。凛々《りり》しいお姉様の微笑み、プライスレス。しかし、言われた台詞が台詞なので、笑顔がどれだけ素敵でもあんまり安心出来なかった。

瞬間、ロザリアの顔の前に腕が差し出された。横から遮るように伸ばされたのは、ブルックの腕である。

「何だ、ブルック」

「うちの子だ」

「知ってる」

「……やらんぞ」

「……チッ」

ずももも、と謎の圧を背負って牽制《けんせい》し合うブルックとロザリア。頼れるクール剣士殿は殺気を隠していないし、姉御は割と本気で舌打ちをしていた。局地的ブリザードの発生である。

やだー、この人達怖いー、とぷるぷるしながら、悠利《ゆうり》はとりあえずサンドイッチに手を伸ばした。ご飯を食べるのは大事だ。食いっぱぐれないようにするのは基本中の基本である。

そんな悠利に向けて、優しい声がかけられる。ランドールのものだ。

「ユーリくん、大丈夫ですよ。あんな風にじゃれていますが、別に物理でどうにかしようとはしませんから」

「……アレを、じゃれてるですますんですか、ランディさん……？」

「ええ、じゃれています。懐かしいですねぇ」

ふふふと穏やかに微笑むランドールに、幼馴染《おさなじ》みって強いなぁと思う悠利だった。どう考えてもそんな微笑ましいやりとりには見えない。本気の殺気と本気の威圧の応酬である。

どれだけのレベルかというと、悠利の足下で大人しく野菜炒《いた》め（専用に持ってきていた）を食べていたルークスと、人間の食事に大歓喜していたウォルナデットが動きを止めて視線をそちらに向けるほど、だ。規格外のスペックの超レア魔物と、ノリは軽くとも一応ダンジョンマスターが反応するのだから、まず間違いなく一触即発の雰囲気である。

とはいえ、すぐにどちらも視線を逸らして食事に戻ったので、危険性は低いのだろう。悠利だけが、何だかちょっと落ち着かないなぁと思っているだけで。……アリーも平然と食事をしているので、冒険者にとってはこの程度のやりとりはよくあることなのかもしれない。

そこで悠利も気持ちを切り替えた。あの二人のやりとりは放っておこう、と。圧の強さは全然違うが、訓練生達がわちゃわちゃやっているのと似たようなものだと考えることにした。

手にしたサンドイッチに意識を戻して、かぷりと囓る。シャキシャキとしたレタスと、瑞々《みずみず》しくてジューシーなトマトの食感が楽しい。更にこれは味付けとして玉子多めのタルタルソースを使っているので、ボリューム満点だ。

ただのマヨネーズではなくタルタルソース。それも、玉子増量で作っているので、玉子フィリングに似た、けれどそれよりも酸味とタマネギの食感が楽しいソースになっている。レタスとトマトとの相性もバッチリだ。

ふわふわの食パンに、野菜の新鮮な美味しさ。それらを全て包み込む玉子増量タルタルソースの旨味。実に見事なハーモニーである。ほぼ野菜なのに大変な満足感があった。

「玉子多めのタルタルソースも美味しい！」

タマネギやピクルス多めのタルタルソースも美味しいが、玉子増量はまた別の美味しさがある。まろやかさが際立つし、食べ応えがあるので、子供にはこちらの方が人気かもしれない。玉子を食べているという感じなので。

悠利は元々お野菜が好きなので、こういう野菜を生かしたサンドイッチが好きだった。皆はカツサンドやら白身魚のフライを挟んだフィッシュカツサンド、ツナマヨサンドなどをもりもり食べているが、野菜のサンドイッチだってとても美味しいのだ。

勿論《もちろん》、野菜とベーコンのサンドイッチも美味しい。というか、サンドイッチは無限の可能性を秘めていると信じている悠利である。どれもこれも美味しく仕上がっていて良かったなぁと思いながら食べている。

「ユーリくん、これ、カツサンドかと思ったら何か違うんだけど⁉」

「あ、それは白身魚のフライです」

「魚か！　え、この美味しいソースは？」

「タマネギとピクルスが入ったタルタルソースです」

フィッシュカツサンドにはタルタルソースだろう、という謎の理論で作られたサンドイッチは、ウォルナデットの口に合ったらしい。ちなみにシャキシャキレタスとのコンボなので、タルタルソースがとても良い仕事をしている。

ハーブと野菜の旨味がぎゅぎゅっと詰まったタルタルソース。マヨネーズの酸味を最大限に生かしたそれと、白身魚のフライのコンビネーションは抜群だった。美味しいに決まっていた。
そしてそれは、ダンジョンマスターのウォルナデットの味覚でも同じだった。もごもごと口を動かしてサンドイッチを食べながら、ウォルナデットはグッと親指を立てて合図を送る。めっちゃ美味しい、というところだろうか。とても軽いダンジョンマスターさんだった。

「ウォリーさん、落ち着いて食べてくださいね。喉詰《のど》まっちゃいますよ」

「解ってる！」

「……解ってるかなぁ……？」

美味しい美味しいともりもり食べているウォルナデット。一応返事はしてくれるが、あんまり説得力はなかった。やれやれと思いつつ、悠利はサンドイッチを囓った。そのうち落ち着くかなぁと思いながら。

人間の食事に飢えているウォルナデットだが、ダンジョンの観光地化が軌道に乗れば、現金を手に入れることも出来るだろう。今までは鉱石を換金して現金を手に入れることだけを考えていたが、これからは宿代として直接お金を手に入れることが出来るのだから。

なお、宿代は王国側と相談して設定するらしい。あまりにも安価に設定すると、今後この周辺に宿泊施設が出来たときに不具合が生じる。かといって、高額に設定するとそもそも利用者が集まらない可能性がある。色々と難しい問題だった。

そして、そこで得た現金収入は、一部がウォルナデットのものになる。残りはスタッフとして働いてくれる人達の給料や、備品の購入費用に充てられる。王国側が人員を派遣してくれるといっても、人件費や駐在する場合の諸経費全てを税金で賄うと続かない可能性があるからだ。

ダンジョンの入場料は少額だが取ることになっている。理由は、このダンジョンには詰め所に常に人がいるからだ。その彼らの生活に必要な備品や給料などへ回すらしい。まぁ、そこまでの儲《もう》けが出るにはまだまだかかるだろうが。

末永く王国と共存共栄でダンジョンを維持することを目標に、最奥にとてもとても物騒なダンジョンコアを抱えているからこその対応だった。ある程度はダンジョンマスターの裁量でどうにかなるとはいえ、何も起こらないとは言いきれないので。

とはいえ、今回こっぴどく叱られた、もとい容赦なくフルボッコにされたダンジョンコアである。しばらくは様子見ということで、ウォルナデットの方針に従って大人しくしているだろう。……しなかった場合、また竜人種《バハムーン》三人が乗り込んでくる可能性があるので。

話が脱線したが、とりあえず、今後はウォルナデット自身で現金を稼ぐことが出来るだろうし、その結果屋台のご飯をうきうきで購入出来るだろうということである。ダンジョンの敷地は入り口がある部分よりも外側も含まれているので、ウォルナデットはその部分だけなら外を出歩けるのだ。なので、端っこの方の店には行けないが、入り口近辺の店なら普通に買い物に行けるので。なお、その部分にダンジョンが作られていないのは、純粋に当時のエネルギー不足が理由である。今は屋台に行けるようにわざと地上にはダンジョンを作っていない。

後で、どの辺りまでがダンジョンの敷地なのかをちゃんと聞いておこう、と思った悠利である。

もし、ウォルナデットが買い出しに行けないお店があるなら、今度遊びに来たときに代わりに買いに行こうという優しさだった。……また遊びに来る気満々である。ここは一応ダンジョンなのに。

ふと、テーブルの上のおにぎりもサンドイッチも残り少ないことに気付いた悠利は、いそいそと学生鞄《かばん》から追加のおにぎりとサンドイッチを取り出した。見た目がほっそりしていようと、目の前の竜人種三人の胃袋はとても大きい。多分まだ足りないだろうなと思ったのだ。

ダンジョンマスターのウォルナデットの胃袋のサイズはよく解らない。そもそも、別に食事の必要はないので、満腹とか食べ過ぎてしんどいとかいう概念が存在しないかもしれない。なので、ウォルナデットのことは気にしない悠利だった。気にしたら負けである。

そんな悠利の行動を見ていたランドールが、感嘆の声を上げた。それは、次から次へと出てくる食料についてである。

「ユーリくんの魔法鞄《マジックバッグ》には、どれだけ食べ物が入っているんですか？」

「どれだけ、ですか……？」

「えぇ。昨日から、沢山いただいているので」

「あー。今回は旅行なので、いつもよりもいっぱい入れてます」

満面の笑みで答える悠利。……つまりは、普段からこの学生鞄の中には食べ物がいっぱい入っていると言っているも同義なのだが、当人はまったく気にしていなかった。食べ盛りを抱えるクランのおさんどん担当としては、それぐらいで丁度良いのだ。

悠利の返答に、ランドールは面食らったように瞬きをした。彼の周りにはこういう人種はいなかったのかもしれない。

「いっぱい、ですか」

「はい、いっぱいです。やっぱり、ちゃんと満足いくように食べてもらいたいですしね」

ものの足りないのは悲しいですから、と悠利は笑う。美味しいご飯が大好きで、美味しいご飯を食べてもらうのが大好きな悠利らしい発言だった。それが悠利の自然体でいつもの姿なのだと理解したらしいランドールは、そうですかと優しく笑った。

……そしてそのまま、流れるように追加されたサンドイッチに手を伸ばしていた。ブルックやロザリアに比べて細身でひょろりとした印象のランドールだが、彼も立派に竜人種。とてもよく食べていた。

そして、竜人種の皆さんはよく食べるが、誰一人として太っていなかった。食事量と体型が合ってない気がするなと思う悠利であった。ただ、彼らが竜の姿も持つことも知っているので、普通よりもよく食べるのかなぁぐらいには思っている。

「おや、このおにぎりの中身は……」

「あ、それは玉子焼きです。醤油《しょうゆ》で味付けした玉子を巻いたものになります」

「こんな風に焼いてある玉子は初めて見ますね」

「くるくるーっと巻いて作るんですよ」

「それはまた、随分と難しそうです」

「慣れるとそうでもないですけどね」

玉子焼きに対するこういう反応には慣れっこな悠利である。オムレツは存在するが玉子焼きは存在しなかったので、くるくる巻いて作る玉子焼きは不思議な料理だと思われているらしい。まぁ、練習しないと不恰好《ぶかっこう》になるのは事実である。

見たことがない形状の料理とはいえ、玉子だと解れば不安点はなかったのだろう。ランドールは特に躊躇《ためら》いもせずに玉子焼き入りのおにぎりを食べている。白米と玉子焼きの相性は完璧《かんぺき》なので、これもとても美味しい。

白米は柔らかくありながらもしっかりとした存在感があり、薄い生地を何層にも巻いた玉子焼きは柔らかくありながら旨味がしっかりと閉じ込められている。醤油味なので口の中で良い感じに調和する。玉子の柔らかさが何とも言えない幸福感を生んでいた。

美味しそうに玉子焼きの入ったおにぎりを食べ終えたランドールは、思い出したように悠利に言葉を投げかけた。

「ところで、ジャムサンドはまだ残っていますか？」

「え、はい。鞄の中にありますけど」

「ではそれは、しっかりと確保しておいてください」

「へ……？」

取り出そうとした悠利を遮って、ランドールは真剣な顔をしていた。何で？　と小首を傾げる悠利。そんな悠利に答えを与えるように、ランドールはすっとブルックを示した。

そこには、ジャムサンドを食べてご満悦のクール剣士の姿があった。味わって食べてはいるのだろうが、片っ端からジャムサンドに手を伸ばしている。一応食事系のサンドイッチやおにぎりを食べ終えているので、彼の中ではデザートを堪能しているということになるのだろうか。

……それにしたって、脇目《わきめ》も振らずに遠慮なくジャムサンドを食べている。どうやら、気を遣わなくても良い相手しかいないということで、思う存分堪能しているらしい。甘味が絡むとすぐにポンコツになるのがブルックさんです。

「……えーっと、今出したらこれも……？」

「恐らく、抱え込むでしょうね。彼も食べたいでしょうから、君が持っていてください」

「了解しました！」

ランドールはウォルナデットの方へと視線を向けてそう言ってくれた。その優しさが理解出来るので、悠利《ゆうり》は元気よく返事をする。今は肉や魚に食いついてうきうきで食べているウォルナデットだが、甘味にも彼は飢えている。

果物は鮮度抜群のとても美味しい迷宮産をもりもり食べているのだが、加工品は手に入らない。表の屋台もあくまで食事がメインなので、甘味があるなら喜んで食べるだろう。ジャムサンドもきっと気に入るはずだ。

それにしても、と悠利は思う。ブルックは確かに甘味が絡むとポンコツになるけれど、今日はそれに拍車がかかっている気がした。やはり、傍らにいるのが幼馴染《おさななじ》みということで気が抜けているのだろうか。そういう面は誰にでもあるが……。

「ランディさん達って、幼馴染みだけあって仲良しなんですね」

「仲良しというよりは、兄弟みたいなものですから」

「え？」

「竜人種は長命なためか子供が生まれにくくてな。あたし達は数少ない同年代なんだ」

ランドールの言葉を、ロザリアが補足する。ブルックはこくりと頷《うなず》くだけで答えにした。……ジャムサンドを食べるのに忙しいようだ。やっぱりポンコツに磨きがかかっている。

兄弟のようなものと説明されて、悠利は素直に良いなぁと思った。兄弟みたいに距離が近くて仲の良い幼馴染み。とても素敵だなぁと感じたのだ。お互い相手に気負いも遠慮もないところも含めて。

「だから一緒に旅をしてたんですか？」

「あぁ。口煩い年寄り共にアレコレ言われるのが面倒でな。外の世界が楽しそうだと思って三人で飛び出した」

「アレ、何か思ってたのと違う……？」

ふふふ、と楽しげに笑うロザリアの言葉に悠利はちょっと困った。幼馴染み三人で冒険の旅へ！みたいな感じの朗らかなのを想像していたのだが、ロザリアの発言からちょっと違う何かが見え隠れしている。

悠利の予感は正しかった。のんびりとランドールが続けた言葉が、その証拠だ。

「お前達は幼いのだから里で大人しくしていろと煩かったですからねぇ。過保護にもほどがあると言いますか。里を適当に破壊して出てきてやっと本気だと納得されましたし」

「え」

「……ヲイ」

あまりにもアレな発言に思わず固まる悠利と、反射でツッコミを入れてしまうアリー。穏やかそうに見えてもランドールも竜人種。何だかんだで血の気が多いらしい。だからといって、今の発言は聞き逃せないのだが。

そんなアリーに向けて、ブルックが言葉をかけた。勿論、口の中のジャムサンドはきっちり味わってから飲み込んでいる。そこはブレない。

「心配するな、アリー。重要施設は破壊していない。それに、別に建物を破壊した程度で誰も怪我はしない」

「そういう問題か⁉」

「仕方ないだろう。俺達が一番幼いからと、外出に制限をかけてくるような大人達だぞ。成人してたのに」

庇護《ひご》されるべき子供ならともかく、立派に大人になったのにどこまでも過保護に扱われて、やってられなくなったらしい。だからって、その本気度を示す方法が里をちょちょっと破壊するというのは、全然理解出来ないのだが。

しかし、竜人種三人の中ではそれでまとまる話らしい。今思い返してみてもイイ手段だった、みたいなノリだ。それで良いのか、とげっそりするアリーと処理が追いつかなくて困っている悠利がそこにいる。

なお、ウォルナデットはそんなトンデモ話を聞かされても、気にしていなかった。へー、竜人種ってそういう感じなんだー、みたいなノリだった。憧《あこが》れの存在への思いは、その程度で揺らがなかったらしい。凄《すご》いな！　みたいな反応をしているので。

……このダンジョンマスター、元々の資質なのかダンジョンマスターに変異させられたからなのか、変な方向に器が大きすぎるのである。良いことなのか悪いことなのか、今はまだ誰にも解らない。

そういう問題かなぁ、とやっぱり処理が追いついていない悠利の足を、ルークスがぺちりと叩《たた》いた。叩いたというより、撫《な》でたという方が正しいような力加減だ。視線を落とせば、愛らしいスライムが心配そうな顔で悠利を見ていた。

「ルーちゃん？」

「キュ、キュー？」

「あ、心配してくれてるの？　大丈夫。元気だよ」

「キュ！」

痛いとかしんどいとか苦しいとかではないと理解したルークスは、ホッとしたように軽やかに鳴いた。ルークスは悠利が大好きなので、悠利が困っていたり悲しんでいたりすると、気になって仕方がないのだろう。

ただし、あくまでも魔物であるスライム。超レア種の変異種かつ名前持《ネームド》ちという特殊枠とはいえ、感情の機微には疎い。それでも、よく解らないなりに悠利を心配し、寄り添おうとしてくれるのだから、良い子である。

目の前で過去話に花を咲かせる竜人種《バハムーン》三人。主に喋《しゃべ》っているのはロザリアとランドールだが、時々ブルックも口を挟んでいる。そして、その話を聞いてアリーがちょっと頭を抱えている。常識人には刺激が強いらしい。

そんな、のほほんとした光景を見ながら悠利は思った。テーブルの上のおにぎりとサンドイッチ、また補充しなくちゃ、と。

一度補充したとは思えないほどに、竜人種三人の食事ペースが落ちていない。ジャムサンドがなくなったらブルックも食事系に手を伸ばしているし、ロザリアもランドールもまだ終わる気配が見えない。皆さん、とてもよく食べる。

たった三人でこの分量。凄いなぁ、と純粋に感心する悠利。その視界の端で、人間の食事に飢えているダンジョンマスターさんは、ご機嫌でサンドイッチを頬張っているのだった。

賑《にぎ》やかで楽しい昼食は雑談を挟みながらも続き、午前中の殺伐とした記憶を綺麗《きれい》さっぱり追い出してくれるのでした。楽しい食事は良いことです。

あとがき

初めましての方、お久しぶりの方、こんにちはの方、この度は本書をお買い上げくださりありがとうございます。作者の港瀬《みなとせ》つかさです。

さて、早いもので十九巻でございます。十九……？　みたいな反応をしている作者です。そんな中、去る七月に作家デビューから六周年を無事に迎えることが出来ました。つまりは、デビュー作であるこの作品も六周年ということなのです。こんなにも長く一つの作品を続けさせていただけるとは思っていなかったので、感無量ですね。

今回は、以前もお邪魔した物騒ダンジョンに、再びお出かけする悠利達という内容になっております。物騒ダンジョンが相手ですので悠利が出かけたら何かが起こるに違いないわけです。しかし、新キャラのお陰で、サクッとトラブルにも対応出来ました。見事なまでの過剰戦力です。ブルックさんの幼馴染《おさななじ》み——ロザリアさんもランドールさんも大変お強かったです。強いだけではなく、ちょっと愉快なお二人でもありましたが。幼馴染みと一緒だからか、ブルックさんがいつもと違う感じに仕上がっている気がします。やはり兄弟のように育った幼馴染みというのは何かが違うのでしょうか。その辺りも楽しんでもらえると嬉《うれ》しいです。

また、ウォルナデットさんがこう、大変自由で愉快で楽しいなぁという仕上がりになっております。どこまでも前向きで自由で楽しそうなお兄さんだなぁと思います。割と境遇は悲惨な感じなんですが、初登場の頃からそんな気配を微塵《みじん》も感じさせなかったのは凄《すご》いと思っています。ダンジョンマスターっぽくはないですが、それもまた悠利が知り合う相手だしなぁと思うことにしております。何かこう、いつもそんな感じなので。

お話の大半がダンジョン内なので、いつもと違った雰囲気を楽しんでもらえたら良いなと思っております。いつもはお家でご飯作ってるだけなので……。

今回も素敵なイラストを描いてくださったシソさん、お世話になりまくりの担当さん、その他様々な形で関わってくださっている皆様のおかげをもちまして、無事に一冊の本となっております。いつも本当に本当にお世話になっております。十九巻になっても相変わらずのポンコツ作者ですが、どうぞこれからもよろしくお願いします。読者の皆様にも、見捨てずお付き合いいただければと思います。

また、不二原理夏《ふじわらりか》先生作画のコミカライズ版も絶好調で連載中ですので、併せてお楽しみいただけると嬉しいです。ファン一号というノリで楽しんでいる原作者ですが、コミカルに動く悠利達と美味しそうなご飯が沢山で、とてもとても幸せな気持ちになれますので！

それでは、今回はこの辺で失礼します。次もお会い出来ますように。お買い上げ、本当にありがとうございました！

お便りはこちらまで

〒102－8177
カドカワBOOKS編集部　気付
港瀬つかさ（様）宛
シソ（様）宛

カドカワBOOKS

最強《さいきょう》の鑑定士《かんていし》って誰《だれ》のこと？ 19
～満腹《まんぷく》ごはんで異世界生活《いせかいせいかつ》～

2023年9月10日 初版発行

著者／港瀬《みなとせ》つかさ

発行者／山下直久

発行／株式会社KADOKAWA

〒102-8177
東京都千代田区富士見2-13-3
電話／0570-002-301（ナビダイヤル）

編集／カドカワBOOKS編集部

印刷所／暁印刷

製本所／本間製本

●お問い合わせ
https://www.kadokawa.co.jp/（「お問い合わせ」へお進みください）
※内容によっては、お答えできない場合があります。
※サポートは日本国内のみとさせていただきます。
※Japanese text only

Printed in Japan
ISBN 978-4-04-075133-7 C0093

新文芸宣言

かつて「知」と「美」は特権階級の所有物でした。

15世紀、グーテンベルクが発明した活版印刷技術は、特権階級から「知」と「美」を解放し、ルネサンスや宗教改革を導きました。市民革命や産業革命も、大衆に「知」と「美」が広まらなければ起こりえませんでした。人間は、本を読むことにより、自由と平等を獲得していったのです。

21世紀、インターネット技術により、第二の「知」と「美」の解放が起こりました。一部の選ばれた才能を持つ者だけが文章や絵、映像を発表できる時代は終わり、誰もがネット上で自己表現を出来る時代がやってきました。

UGC（ユーザージェネレイテッドコンテンツ）の波は、今世界を席巻しています。UGCから生まれた小説は、一般大衆からの批評を取り込みながら内容を充実させて行きます。受け手と送り手の情報の交換によって、UGCは量的な評価を獲得し、爆発的にその数を増やしているのです。

こうしたUGCから生まれた小説群を、私たちは「新文芸」と名付けました。

新文芸は、インターネットによる新しい「知」と「美」の形です。

2015年10月10日

井上伸一郎